AF503978

LE
NOUVEAU TELEMAQUE.

Lith de Engelmann.

LE NOUVEAU TÉLÉMAQUE,

OU

AVENTURES CURIEUSES

DU JEUNE HENRY.

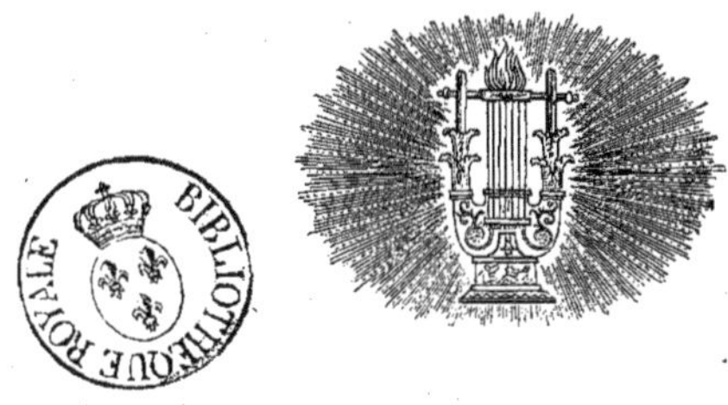

Paris, à la Librairie de Castel de Courval, rue de Savoie, N° 6.

1827.

Imprimerie de Chassaignow ;

rue Git-le-Cœur, N° 7.

LE NOUVEAU TÉLÉMAQUE,

ou

Aventures du Petit Henry.

CHAPITRE PREMIER.

Départ de l'Hospice.

Parmi les enfants déposés à l'hospice de Soissons, Henry se faisait distinguer par sa douceur, son application, et sa piété; actif et intelligent il était toujours le premier à tous les exercices de la maison, il y était chéri de tous, et considéré comme un sujet distingué.

Il venait de faire sa première communion, était bien instruit de sa religion, savait

I

parfaitement lire, écrire et compter, et connaissait ses devoirs de chrétien et de ci-
toyen.

Les administrateurs de l'hospice voulurent lui donner un état, et ne dédaignèrent
pas de le consulter sur le choix ; on lui proposa d'abord de l'employer dans les bu-
reaux de la comptabilité de la maison , mais il refusa avec respect, et ajouta que si
on lui laissait la liberté de choisir, il demanderait qu'on lui fit apprendre l'état de menuisier, et qu'on augmenterait sa reconnaissance en le plaçant chez maître Marcelin,
menuisier dont la femme avait été sa nourrice. Les administrateurs touchés du souvenir que le jeune Henry paraissait avoir conservé des soins donnés à son enfance
par cette honnête famille, consentirent à sa demande , et maître Marcelin fut ap-
pelé pour savoir ce qu'il demanderait pour se charger d'apprendre son état au jeune
homme et pourvoir à ses besoins pendant son apprentissage : ordinairement on
abandonnait au maître , cinq années du travail d'un enfant , et la maison continuait
pendant ce temps à fournir à son entretien ; mais la force et l'intelligence de Henry
firent désirer à ses protecteurs de conclure avec Marcelin à d'autres conditions,
c'est-à-dire en lui payant une somme d'argent, plutôt que de lui donner du temps,
afin que Henry soit plutôt en état de gagner quelque chose. Marcelin qui aimait
cet enfant dont il avait reçu les premières caresses , et qu'il avait vu croître avec les
siens, ne se rendit pas difficile pour les arrangements : il accepta tous ceux qu'on
lui proposa, et reçut une faible somme, moyennant laquelle il s'engagea à faire
de Henry un bon menuisier et un honnête homme , il fut convenu que l'on allait

lui préparer un petit trousseau, et que le lendemain Henry irait s'installer dans la maison qui avait été l'asile de son premier âge.

On ne connaissait pas les parents de Henry, cependant on avait trouvé sur ses langes un petit billet qui disait positivement : qu'il était fils de parents honnêtes, mais infortunés, qui se feraient connaître ; que jusqu'à ce moment heureux, il fallait que leur fils Henry, qu'ils confiaient à la providence, se soumit à ses décrets, et attendit avec patience qu'elle daignât venir au secours de ses parents et changer leur sort et le sien.

Tant que Henry était resté dans la maison, on ne lui avait pas parlé de cette circonstance, mais au moment d'entrer dans la société, et d'en devenir membre, les administrateurs crurent devoir lui donner connaissance de ce billet qui semblait lui promettre une famille et un avenir.

En apprenant qu'il pouvait concevoir l'espérance de retrouver un jour les auteurs de ses jours et d'en être avoué, Henry ne put retenir un cri de surprise et de joie, car il se croyait orphelin, et dans le premier mouvement de sa reconnaissance il se jeta à genoux en s'écriant : ô mon dieu je te remercie de m'avoir conservé des parents qui ne sont que malheureux ! accorde-moi la grâce de pouvoir un jour les connaître et les consoler. Sa prière qui sans doute fut entendue de celui que les cœurs vertueux n'invoquent jamais en vain, attendrit ses bienfaiteurs, et il en fut tendrement embrassé ; les bonnes sœurs, qui depuis dix ans lui avaient prodigués leurs charitables soins, ayant été averties de préparer son petit paquet, le firent avec une bienveillance particulière ; elles choisirent dans les magasins ce qu'il y avait de plus convenable à sa taille, et de mieux, et le lui remirent en lui souhaitant toutes sortes de prospérités ; elles l'accompagnèrent jusqu'à la porte de l'hospice, en lui recommandant de ne pas oublier les sentiments de religion et de probité, qu'elles lui avaient inspirés, il le leur promit du fond du cœur, pressa leurs mains dans les siennes, et s'éloigna comblé de leurs bénédictions.

CHAPITRE II.

Arrivée chez Marcelin.

Henry en arrivant chez Marcelin fut caressé par toute la famille, le jeune Philippe sur-tout, qui avait été son frère de lait, ne pouvait s'arracher de son col auquel il était suspendu, et la bonne Marceline qui les avaient nourri avec une égale tendresse, les pressait tous deux sur son cœur en les baignant de douces larmes; Henry répondait de toute son âme à ce tendre accueil, mais la famille Marcelin en possédant toute sa reconnaissance, n'était plus pour lui l'univers; la veille, eux seuls l'intéressaient dans le monde; maintenant il existe d'autres êtres à qui il appartient; son cœur vole vers eux, il se dit avec orgueil : « et moi aussi j'ai des parents, je ne suis plus seulement l'enfant de la charité, j'ai place dans une famille, je dois l'honorer par ma conduite et mes talents, travaillons pour acquérir mon indépendance et la possibilité de chercher mon père. » Cette pensée se présente sans cesse à l'imagination de Henry, il sait que le prix de son apprentissage a été payé à Marcelin, et que dès qu'il sera en état de gagner quelque chose il sera payé; son ambition est d'amasser une centaine de francs, avec lesquels, à l'aide de son travail, il espère pouvoir parcourir la France et en faisant insérer dans les papiers publics, de petites notes, parvenir à se rappeler au souvenir de ses parents et les retrouver. Telle est la chimère que Henry caresse jour et nuit, et qui le rend sérieux sans lui rien ôter de sa douceur, de sa prévenance habituelle ni de son activité au travail; Marcelin était enchanté de son adresse, de la facilité avec laquelle il concevait les choses et les exécutait, et il était souvent obligé de le forcer à quitter le travail pour se reposer un peu, car il se serait épuisé; et pour lui épargner l'impatience qu'il ressentait en restant dans l'inaction, Marceline voulait qu'il lut près d'elle, pendant que son mari travaillait, il se laissait entraîner par le charme d'une lecture instructive, et le calme qui succédait à l'agitation de son sang, le rafraîchissait et lui rendait de nouvelles forces. Philippe son frère de lait était toujours d'accord avec lui, ces deux enfants paraissaient n'avoir qu'une seule âme; il n'en était pas de même de George, le fils aîné de Marceline, qui eût le malheur de se lier d'amitié avec le fils d'un maître maçon qui faisait travailler son père, et qui prit, dans la société de ce jeune insensé, le goût de la dépense, et avec ce penchant funeste, celui de la paresse; bientôt le travail ne fut plus pour lui qu'une fatigue insupportable; et ce jeune garçon, qui déjà aidait beaucoup son père, et pouvait lui faciliter l'exécution d'entreprises avantageuses, abandonna son état, se jeta dans le désordre, fit des dettes, et plongea son père et sa mère dans le plus grand chagrin que puissent éprouver des parents, celui de voir leur enfant se précipiter dans le chemin du vice qui les conduit immanqua-

(7)

blement à leur perte ; le chagrin bien plus que le travail use les forces. Marcelin était accablé par le dérangement de son fils, et ne put s'empêcher de lui offrir pour modèle son jeune frère et Henry, dont la tendresse et les soins redoublaient en proportion du désir qu'ils avaient de porter quelque consolation dans les cœurs de ceux qu'ils voyaient souffrir. George fut offensé de la comparaison qui n'était pas à son avantage, et joignit à ses autres défauts l'odieuse jalousie, qui lui fit regarder comme une injustice les éloges et la tendresse que ses parents portaient à son frère cadet et à celui qu'il se plaisait à nommer l'enfant trouvé ; de ce moment, il ne se passa plus un jour sans que le malheureux Henry ne reçut de sa part quelques mortifications qu'il endurait en silence, de peur d'augmenter les peines de ses parents adoptifs ; il redoublait d'ardeur pour le travail, afin de pouvoir être utile à Marcelin, et ce dernier, quoique triste et découragé, conclut un marché, par lequel il s'engageait à fournir dans le délai de trois mois, les croisées, les persiennes et les portes d'une maison que faisait construire un Banquier, dans une terre qu'il venait d'acheter aux environs de Soissons ; le marché était très-avantageux, l'ouvrage était porté à un prix qui offrait un bénéfice assez considérable, mais il y avait un dédit de stipuler ; de manière que si l'ouvrage était mal fait, ou n'était pas livré à l'époque indiquée, chaque jour de retard emportait cent francs de diminution sur le prix convenu ; cette clause obligea Marcelin à prendre des ouvriers pour le seconder, afin de ne pas courir le risque de perdre, par quelques jours de retard, le bénéfice de son travail ; Henry et Philippe redoublèrent d'activité, l'ouvrage avançait rapidement, mais les forces de

Marcelin déclinaient visiblement, George sans réflexion, comme sans égards pour le tort qu'il ferait à son père en le privant du travail de Henry et de son frère, ne cessait de leur faire de mauvais tours; il démontait leur outils à moitié et cherchait tous les moyens possibles de les blesser ou de leur faire du mal, les injuriait, les frappait et voulait à toute force, disait-il, chasser l'étranger, l'enfant trouvé, de la maison paternelle. Laissez-moi en repos, répondait Henry avec un calme apparent, et je vous promets qu'aussitôt que l'ouvrage que votre père s'est engagé à fournir sera fini, je partirai; mais d'ici-là je souffrirai tout, plutôt que de lui causer un redoublement de chagrin et de le priver de mes faibles secours; en effet, Henry avec une patience d'ange, supportait les injures et les mauvais traitements de George : Philippe moins endurant lui répondait par des coups, et souvent il avait été obligé de séparer les deux frères; enfin un jour, George plus méchant que jamais, réussit à emmener son frère avec lui à une fête des environs, celui-ci sobre et n'ayant pas coutume de boire aucune liqueur, se trouva pris dans le piège que son frère lui tendit, en feignant de rencontrer des amis qui insistèrent pour prendre quelques rafraîchissements. Il faisait chaud, on entra dans un café, on but d'abord de la bierre très-forte, puis un petit verre, on chanta, on s'égaya; il y avait dans la société un jeune militaire qui vanta son état, on monta la tête du pauvre Philippe, qui déjà était toute troublée, et on parvint à lui faire signer un engagement, en vertu duquel on l'envoya coucher à la caserne et le lendemain rejoindre le 12ᵉ regiment qui était en Flandres, (dit-on à George), en lui promettant de ne pas donner à Philippe ni le temps ni la permission de voir ses parents ni de leur écrire; qu'on juge, s'il se peut, de l'inquiétude de Marcelin et de sa femme, en ne voyant pas revenir Philippe à l'heure du souper, Henry dissimulait celle qu'il ressentait, pour rassurer ses parents adoptifs, mais lorsque la nuit avancée, fit craindre de ne le pas voir rentrer pour coucher, il ne fut plus maître de cacher ce qu'il pensait, et finit par l'exprimer en faisant une seule réflexion : Philippe était sorti avec George!.... Cette idée, qu acheva de désespérer la famille, s'était déjà présentée à chacun séparément ; mais ils l'avaient repoussée sans oser s'y arrêter, ni se la communiquer, elle prit en ce mo- ment une telle force que tous les soupçons entrèrent à-la-fois dans leur esprit, leur imagination qu'ils avaient contenu avec effort, rompit les barrières qu'ils avaient cherché à lui opposer, et toutes les suppositions les plus tristes, les plus alarmantes se succédèrent pendant la plus longue des nuits qu'ils eussent passées dans toute leur vie; Marcelin accablé de chagrin, de travail et de crainte sur le sort de ses fils, ne sortait de l'espèce de stupeur dans laquelle il était plongé, que pour aller de sa chaise à la porte, écouter s'il n'entendait pas marcher dans l'éloignement, et revenait ensuite, plus découragé, se remettre sur sa chaise, la pauvre mère ne pouvait rester en place, elle allait à la porte, s'avançait tantôt d'un côté, tantôt de l'autre, rentrait avec l'espérance de les trouver de retour, envoyait Henry tantôt à droite, tantôt à gauche, l'interrogeait sur ce qu'il pouvait imaginer, se fâchait s'il voulait la rassurer en essayant de dissimuler les craintes que le caractère et la jalousie de George lui inspirait, puis cherchait à l'excuser si Henry convenait qu'il était envieux et mé-

chant; Henry, la douceur même, loin de relever ces contradictions, s'efforçait de ra-
nimer les espérances de cette mère désolée, et tachait par les tendres expressions de
son attachement, de ramener un peu de calme dans son cœur. Le jour parut sans
que personne eût songé à prendre quelque repos, Henry alors s'approcha doucement
de sa nourrice, et lui dit à voix basse, que son père tomberait malade, si elle ne trouvait pas moyen de lui faire prendre quelque nourriture, qu'il la suppliait de s'occuper
de lui, que pendant ce temps il allait courir au village voisin, et s'informer de son frère
(c'était ainsi qu'il appelait Philippe), la triste Marceline l'embrassa et suivit son con-
seil; Henry courut au village voisin, où il apprit seulement que les deux frères
avaient passé l'après-dîner au café avec plusieurs autres jeunes gens, on les avait
vu sortir de bon accord, sans qu'il y eut entre eux ni dispute ni querelle, mais personne ne put lui dire positivement de quel côté ils avaient dirigé leurs pas; en
effet, George et ses complices avaient tourné plusieurs fois autour du village
avant de s'en éloigner, les uns les avaient rencontré du côté de la vallée, les
autres du côté de la forêt. Henry revint donc à la maison, sans aucune donnée posi-
tive, mais cependant, avec la certitude qu'il n'y avait pas eu de querelle entre George
et Philippe, et parconséquent avec l'espoir qu'ils pourraient être rentré avant
lui, il pressa donc sa marche et en arrivant allait demander si ses frères étaient de
retour, lorsque les questions de ses parents lui apprirent que ses espérances étaient
déçues; alors il leur raconta ce qu'il avait apprit et chercha à leur persuader qu'ils
ne devaient plus avoir d'inquiétude, que la journée du dimanche s'étant passée tran-

Lith de G. Engelmann et Cie

quillement entre George et son frère, il était probable que le premier avait seulement
eu l'intention de rendre Philippe compagnon d'une de ses débauches, afin qu'on
ne lui opposa plus la bonne conduite de son cadet en comparaison avec la sienne ;
ce raisonnement parut assez plausible, et sans être bien satisfaisant il eut le pouvoir
de suspendre les inquiétudes de ces bons parents. Marcelin se remit à l'ouvrage qu'il
n'avait pas eu le courage de reprendre ; la mère après avoir rétabli un peu d'ordre
dans la maison s'assit et reprit son travail ; Henry voyant arriver midi, sans que
Philippe parut, proposa à Marcelin d'aller de nouveau à sa recherche, il y consentit,
et Henry commença par demander dans la ville à ceux qui avaient été à la fête quelque
renseignement sur ses frères ; à force de s'informer à tout le monde, un vieillard qui
l'avait remarqué, et avait entendu les réponses qui lui avaient été faites, lui dit qu'il
soupçonnait que son frère avait été engagé ; je loge vis-à-vis la caserne, ajouta-t-il,
et comme je dors peu, j'étais avant le jour à ma croisée et j'ai vu sortir de la caserne
un sergent avec une escorte qui emmenait des recrues ; parmi ces nouveaux soldats
j'en ai remarqué un, qui semblait prier pour qu'on le laissât libre, il insista apparemment,
car je vis qu'on le menaçait en agitant un sabre pour le frapper, alors il leva les
mains au ciel, en tournant sa tête vers la ville, comme pour lui dire adieu ; à ce récit
Henry demeura anéanti, il lui parut qu'en effet ce jeune homme devait être
Philippe et il s'informa de quel côté les soldats avaient dirigé leurs pas ; vers la grande
route qui traverse la forêt de Senlis, répondit le vieillard, mais comme les soldats ne
font que cinq lieues par jour, si vous voulez rejoindre votre frère vous le pouvez en-

core, car ils s'arêleront sans doute à Clermont. J'y cours, répondit Henry, et remerciant poliment le vieillard il vole vers Marcelin à qui il ne fit pas part de tout cé que lui avait raconté le vieillard, mais à qui il dit seulement qu'on lui avait donné quelque espérance de trouver Philippe à Clermont et qu'il venait lui demander la permission de l'aller chercher. — Je le veux bien mon cher enfant, répondit Marcelin, mais je te défends de revenir ce soir, car il y a cinq grandes lieues, voilà quelque monnaie pour payer ton gîte dans une auberge, repose-toi cette nuit, et reviens demain, va prendre quelques provisions pour ta route, et ne fais pas de bruit, car ta pauvre mère s'est endormie il y a un instant, il ne faut pas lui enlever ce moment de repos.

Lith de Engelmann.

CHAPITRE III.

Trait de courage de Henry.

HENRY sortit doucement, fit un petit paquet, dans lequel il enferma tout ce qu'il avait gagné depuis un an, dans l'espérance qu'il aurait assez pour racheter Philippe, et revint prendre congé de Marcelin ; il s'approcha de sa nourrice, qui, la tête appuyée sur sa main, avait cédé à la fatigue, et laissé échapper de ses doigts l'ouvrage auquel elle travaillait ; il la considéra un moment, puis dit tout bas : « si je te quitte, c'est pour te rendre ton fils ; voilà mon trésor, en te le sacrifiant, je recule l'espérance de chercher mon père, mais je dois pour te prouver ma reconnaissance, m'occuper de ton bonheur avant de songer au mien ; adieu, ma mère, puisse-tu dormir jusqu'à mon retour. » En achevant ces mots, il ramassa son paquet, le mit au bout d'un bâton, embrassa Marcelin, et prit le chemin qu'on lui avait indiqué.

Henry, soutenu par l'espérance de rencontrer son cher Philippe, par l'idée qu'il pouvait enfin donner une preuve d'attachement et de reconnaissance à ceux qui lui avaient tenu lieu des parents qui avaient été forcés de l'abandonner, ne sentit pas la fatigue de la route. Il marchait avec légèreté, et le chagrin, qui depuis la veille l'avait accablé, semblait avoir fui devant l'espérance et la possibilité de le faire cesser ; il avait déjà parcouru les trois quarts de sa course, lorsqu'il entendit hurler fortement, et reconnut qu'un loup était tout près de lui ; loin de se livrer à une terreur qui n'eut fait qu'accroître son péril, puisque le loup, courant plus fort que l'homme, sa fuite aurait été inutile ; le courageux enfant prit à l'instant son parti, jeta son paquet, pour pouvoir se servir de son bâton, et se retourna fièrement vers l'animal, qui, la gueule ouverte, semblait vouloir le dévorer ; sans se laisser intimider par le regard étincelant qu'il fixe sur lui, Henry lève son bâton, et lui en assène un coup sur la tête si adroitement et avec tant de force, qu'il l'étend à ses pieds ; deux paysans, qui allaient faucher, avaient vu de loin le combat, et accouraient pour le seconder, mais leurs secours étaient superflus, le loup avait été frappé mortellement, et rendait le dernier soupir lorsqu'ils arrivèrent. Ils félicitèrent Henry sur son adresse et sa bravoure, et voulurent l'accompagner jusqu'à la sortie du bois ; Henry, que sa victoire n'avait pas rendu fanfaron, accepta leur offre, et se vit avec plaisir hors de la forêt ; il demanda le chemin de la ville, remercia les paysans, et continua sa route le plus promptement possible; arrivé enfin à Clermont, il s'informe s'il est passé une brigade de recrues ; et apprend avec satisfaction que oui, et qu'elle est campée dans une ferme, où on leur a donné à coucher dans la bergerie. Henry y court, demande le brigadier, et s'informe s'il n'a pas parmi ses soldats un nommé Philippe. « Oui, lui répondit le brigadier, je vais vous le faire venir si vous souhaitez. » Henry accepte, et exprime sa reconnaissance ; le brigadier sort, et revient un instant après, en amenant celui qui se nommait aussi Philippe, mais qui n'était pas son frère de lait ; le malheureux Henry, attéré par ce nouveau désapointement, éprouva une telle révolution de la perte de ses espérances, qu'il s'évanouit, et tomba sans connaissance sur le plancher. On s'empressa à lui faire reprendre ses sens, et lorsqu'il fut revenu à la vie, il demanda s'il n'y avait pas un autre Philippe. « Je n'en ai pas dans ma brigade, répondit le recruteur. — Est-ce vous qui êtes parti ce matin de Soissons? demanda Henry. — Oui. — Alors j'ai eu des renseignements qui m'ont trompés, dit Henry, et je ne sais plus où trouver mon frère, » et il fondit en larmes, en pensant au chagrin de Marcelin et de sa femme ; quelques durs que soient ordinairement les militaires, chargés du recrutement ; celui-ci ne put voir l'affliction de Henry, sans en être touché, et lui donna quelque consolation, en ramenant dans son cœur l'espérance que son frère serait peut-être de retour avant lui à la maison paternelle. Henry un peu plus calme, sentit le besoin de réparer ses forces, pour se remettre en route le lendemain ; la nature épuisée reprit ses droits, un profond sommeil s'empara de ses sens, et rendit à ses membres fatigués l'élasticité dont ils étaient privés, par la marche forcée qu'il avait faite si rapidement. Le lendemain, après avoir payé son hôte, Henry s'achemina tristement vers la ville, ô que la route lui parut longue ! Tantôt désirant d'arriver en espérant trouver Philippe, tantôt craignant de se livrer à une espérance trompeuse, et redoutant de faire éprouver à ses parents la peine qu'il avait ressentie en apprenant qu'il avait suivi de faux renseignements. Ce fut en passant ainsi alternativement d'une inquiétude à l'autre, qu'Henry atteignit enfin le terme de son voyage ; il aperçut de loin sa mère sur la porte, et n'eut pas besoin de l'interroger, pour apprendre que Philippe n'avait pas paru, et qu'on n'en avait eu aucune nouvelle, car dès qu'elle aperçut Henry, elle s'avança vers lui en s'écriant : « l'as-tu rencontré, sais-tu quelque chose? — Non, ma mère, répondit Henry avec découragement, j'espérais en partant, être assez heureux pour le ramener, on m'avait donné des indications qui se rapportaient si bien à lui. » Alors il raconta sa conversation avec le vieillard, et Marcelin, interrompant Henry, lui demanda comment il avait espéré ramener Philippe, s'il avait été engagé. Henry rougit à cette question, comme s'il eut été coupable, et Marcelin ayant réitéré sa demande, il répondit en balbutiant, qu'il avait emporté de l'argent, pour acheter le congé de son frère. — De l'argent !... et où l'as-tu trouvé cet argent? — Dans mon armoire, reprit modestement Henry, depuis que vous avez exigé que je reçusse le prix de mon travail; j'ai mis en réserve tout ce que j'ai gagné, et... — Cette somme doit être beaucoup trop modique, interrompit Marcelin, et tu aurais dû me communiquer ton projet, sans penser à te dépouiller, et te mettre dans le cas de manquer l'occasion de dégager Philippe. — Je ne l'eusse pas laissé manquer, dit vivement Henry. — Et comment aurais-tu fait? — J'aurais pris sa place, répondit le généreux enfant. — Tu m'aurais toujours privé d'un fils, dit Marcelin en l'embrassant. Excellent cœur!... ah pourquoi George ne te ressemble-t-il pas?... il est vrai que j'eusse été trop heureux, une bonne femme, des enfants charmants, des affaires qui prospèrent, c'eût été trop de biens à-la-fois, et le ciel ne permets pas un bonheur sans mélange; soumettons-nous donc à la peine qu'il nous envoie, et remercions-le de nous avoir donné Philippe et toi. En prononçant ces mots, Marcelin et sa femme embrassèrent de nouveau Henry, et le pressèrent d'aller se reposer, mais il était trop inquiet lui-même, et partageait trop vivement les chagrins de ses parents, pour pouvoir se coucher; il resta près d'eux jusque bien avant dans la soirée, enfin perdant l'espérance de voir arrriver leurs enfants, ils se mirent au lit, excédés de fatigue et tourmentés par mille idées plus tristes les unes que les autres. Le lendemain, Marcelin et Henry cherchèrent encore à se procurer quelques lumières sur le sort de Philippe et même de George, mais ce fut inutilement: enfin Henry, quoiqu'au désespoir de la disparution de son ami, sentit qu'il était urgent de rappeler à son père qu'il fallait bientôt livrer l'ouvrage pour lequel il s'était engagé; le terme s'avançait, on avait négligé le travail pour s'occuper de Philippe; on le reprit avec ténacité, on ne peut pas dire avec courage, car l'âme abattue par le chagrin, est incapable de soutenir les forces physiques, par le contentement; la gaîté qui anime était disparue, et de tristes soupirs interrompaient seuls le silence de l'atelier, qui semblait n'être en activité que par des machines. Grâce à l'infatigable Henry, les travaux furent achevés au jour dit, et l'ouvrage livré aux termes du marché, mais

3

Marcelin succomba à la fatigue, et plus encore au chagrin qui le minait depuis le dérangement de George. Il tomba dangereusement malade, une fièvre lente consumait
depuis long-temps sa constitution naturellement vigoureuse, de manière qu'en peu
de jours le mal fit des progrès effrayants; une circonstance cruelle vint y mettre le
comble : le banquier, pour qui Marcelin avait travaillé, fit de mauvaises affaires, et
disparut en laissant tout dans le désordre et la confusion. Il avait payé Marcelin en
billets, celui-ci les avait donné en paiement à son marchand de bois, avait escompté
les autres pour payer les ouvriers qu'il avait pris pour l'aider dans son travail, de manière qu'on vînt lui demander le remboursement de ces billets; Marcelin donna d'a-
bord tout ce qu'il avait d'argent, vendit le peu d'argenterie et d'effets de valeur qu'il
possédait; Henry voulut donner son trésor, mais Marcelin le refusa opiniatrement,
ne voulant pas entraîner ce généreux enfant dans sa ruine; enfin, après avoir épuisé
toutes ses ressources pour satisfaire ses créanciers, il leur demanda des délais qu'on
ne voulut pas lui accorder, on saisit chez lui, on vendit le reste de son bois et de ses
meubles, enfin on le réduisit à la mendicité avec toute sa famille, qui s'était augmentée
de deux enfants depuis l'arrivée de Henry chez l'honnête menuisier. Lorsqu'il fut dépouillé de tout, le propriétaire lui donna congé, et sans pitié pour l'état où il se trouvait, il lui signifia qu'il fallait sortir à l'instant de sa maison. Marcelin sentant qu'il
avait peu de jours à vivre, éprouva une sorte de satisfaction à cet ordre inhumain,
par l'idée qu'il épargnerait à sa malheureuse femme la douleur de le voir expirer sous
ses yeux; il se fit donc transporter à l'hospice, en tâchant de persuader à la désolée

Lith. de G. Engelmann et Cⁱᵉ.

Marceline, qu'il y serait mieux maintenant que chez lui, puisqu'ils n'avaient plus rien »
et que la bonté des sœurs remplacerait ses tendres soins, pendant que par son travail elle pourvoirait aux besoins de sa famille, jusqu'à son rétablissement. L'infortuné
n'y croyait pas, mais il voulait consoler celle qui, par sa douceur, son activité et ses
soins assidus, avait fait le bonheur de sa vie ; Marceline, presque convaincue par les
raisonnements de son mari, le vit conduire à l'hospice avec moins de peine, et quelques heures après, quitta la maison où elle avait vu naître ses enfants, et goûté dans
une aisance due à son travail et à celui de son mari, un bonheur véritable, fondé sur
une estime et un attachement réciproque ; ses larmes coulèrent en quittant cette habitation, qui lui retraçait de si doux souvenirs, Henry la soutenait, tandis que les deux
enfants, avec l'insouciance de leur âge, jouaient en marchant devant eux ; un des
ouvriers que Marcelin avait occupé, regardait avec peine cette scène de désolation,
et regrettait de ne pouvoir venir au secours de cette malheureuse famille.

CHAPITRE IV.

Marcelin à l'Hospice.

Henry, dont le cœur suppléait à l'âge, avait déjà pensé à louer une petite chambre, pour y loger Marceline et ses enfants, heureux alors de n'avoir pas disposé de son petit trésor, il l'employa à procurer à sa nourrice ce qui lui était le plus nécessaire, il ne lui était rien resté, ainsi il lui fallait un ménage tout entier; Henry, malgré sa jeunesse et son peu d'expérience, sut pourtant choisir ce qui était indispensable, et pourvut à tout; Marceline, en entrant dans cet asile, préparé par la tendresse de son fils d'adoption, fut aussi surprise que touchée. « O mon dieu, s'écria-t-elle, quand tu » as daigné me laisser une telle consolation, ne serais-je pas ingrate si je me laissais » aller au murmure et au découragement. » Mon cher Henry, ajouta-t-elle en l'em-

Lith. de Engelmann.

brassant, je te promets de supporter mes maux, et de repousser le désespoir qui s'est emparé de moi. — Ne m'avez-vous pas dit mille fois, ma bonne mère, répondit Henry, que Dieu n'abandonne pas celui qui met sa confiance en lui, et se rend digne de ses bienfaits par ses vertus? et qui plus que vous en est digne, il ne faut que vous résigner, et espérer de sa bonté le rétablissement de mon père, il vous l'accordera, j'en suis persuadé. — Que le ciel t'entende, répondit Marceline, mais dans tous les cas je veux tâcher de le mériter par ma soumission aux décrets de la providence. » En effet, de ce moment, Marceline surmonta, non son juste chagrin, mais l'excès d'une douleur immodérée; elle put se mettre au travail qui, en occupant, ôte à l'âme la faculté fatale de se repaître pour ainsi dire du tableau de ses maux; Marcelin, qui apprit par elle tout ce qu'avait fait Henry, éprouva un si grand soulagement de savoir sa famille à l'abri du dénuement absolu dans lequel il l'avait laissé, que ce fut comme un baume qui se répandit dans tout son être, et porta dans son âme une nouvelle vie; Henry eut le bonheur de le voir renaître pour ainsi dire, il chercha de l'ouvrage, en obtint facilement, car il était bon ouvrier, et de plus, poli, sage, rangé, économe, ne perdait jamais un instant, soit qu'il fut à la journée, soit qu'il fut à ses pièces, c'est-à-dire, (qu'on lui paya un prix convenu pour un ouvrage achevé.) Il ne dépensait pas un sous pour lui, il eut cru faire un vol à sa mère, il lui apportait religieusement chaque semaine ce qu'il avait gagné, de manière qu'à l'aide de son travail et de celui de Marceline, ils parvinrent à procurer à leur malade mille petites douceurs qui hâtèrent sa convalescence; quel beau jour pour cet excellent jeune homme, que celui ou Marcelin put se lever, quitter le bras de la charitable sœur, pour élever ses mains sur la tête de Henry et le bénir!... C'était à lui qu'il devait la vie, c'était à son bon cœur, à son assiduité au travail, à son économie que sa famille avait dû l'existence!... Quel sentiment de bonheur ils éprouvèrent tous, car la reconnaissance n'est un poids que pour les cœurs ingrats, et rien n'est comparable aux délices que ressent celui qui a pu rendre un service éminent, en le voyant couronné d'un succès entier et parfait, aussi Henry était-il certainement le plus heureux des hommes, en contemplant Marcelin rendu à la vie, appuyé sur sa femme et entouré de ses jeunes enfants; de douces larmes coulaient le long de ses joues, et son cœur remerciait le ciel d'avoir exaucé ses vœux, en rendant Marcelin à sa famille. Maintenant, se dit-il en secret, je pourrai penser à satisfaire l'ardent désir que je repousse depuis si long-temps; je pourrai parcourir la France et chercher mon père!... Une seconde réflexion vint diminuer sa joie, sans faire naître un regret de l'emploi de son trésor; il n'avait plus d'argent, comment voyager? il éloigna d'abord cette pensée pour ne pas inquiéter la famille par un air rêveur ou préoccupé, au moment où la satisfaction reparaissait sur tous les visages; mais elle ne cessa pas de l'occuper jusqu'au parfait rétablissement de Marcelin, qui fut hâté par une lettre de Philippe. Il écrivait à ses parents, pour les prier de pardonner à son frère George le mal qu'il lui avait fait, et leur racontait comment ce dernier était parvenu, en l'enivrant, à le faire engager; il leur mandait qu'il était à Metz, dans le sixième régiment d'infanterie; qu'ils ne soient pas inquiets sur son sort, qu'il aurait fait son bonheur

de travailler avec son père, mais que son nouvel état ne lui déplaisait pas, et que puisqu'on l'avait fait soldat, il resterait sans peine sous les drapeaux, qu'il espérait, en se
conduisant suivant les principes de religion et d'honneur qu'il avait reçu d'eux, obtenir de l'avancement, et pouvoir un jour suspendre avec orgueil son épée dans la
maison paternelle; enfin, excepté le regret d'être éloigné de ses parents, Philippe paraissait content de son sort, et même le préférer à celui qu'on l'avait forcé de quitter.
Il n'y avait plus que George dont on n'entendait plus parler, il avait su par son
ami de débauche l'affliction dans laquelle la disparition de Philippe avait plongé la
famille, et sachant bien qu'on ne pouvait ignorer long-temps qu'il en était l'auteur,
il n'avait pas voulu s'exposer aux reproches de ses parents, et avait profité du voyage
de son ami à Paris pour s'y rendre avec lui; là, il était tombé dans une profonde
misère, suite ordinaire d'une mauvaise conduite, il y souffrit tour-à-tour les humilia-
tions les plus dures, les besoins les plus poignants, le froid, la faim, le manque de
chaussure et de vêtements; sa santé s'altéra, la maladie vint mettre le comble à ses
souffrances, comme il n'avait obtenu par sa conduite l'estime de personne, personne
ne s'intéressa à lui, car il est à remarquer que les amitiés contractées entre personnes
vicieuses, ne durent qu'autant que les circonstances permettent qu'on soit compa-
gnons de plaisirs; le manque d'argent, la maladie, ou l'éloignement viennent-ils vous
empêcher de partager les amusements de vos prétendus amis; tout est rompu, ils ne
vous connaissent plus, et vous abandonnent sans la moindre pitié, sans le plus léger
regret. Ce fut ce qui arriva à George, lorsque l'argent qu'il avait emporté de chez

son père fut dépensé, et qu'il eut vendu ce qu'il avait de bijoux, il vécut encore quelques temps aux dépens de sa société, à l'aide de quelques mensonges et en se faisant
le complaisant de chacun, mais lorsqu'il fut prouvé qu'il ne pouvait plus contribuer
à la dépense, il fut expulsé sans cérémonie, et si entièrement abandonné, qu'il ne se
trouva pas un seul être qui eut la complaisance de le faire porter à l'hôpital, il serait
mort privé de tout secours sur la paille qui lui servait de lit, sans une de ces fem-
mes célestes que la religion conduit dans les tristes habitations de la misère, et qui, gui-
dée par une charité vraiment évangélique, soulagent tous les êtres souffrants, semblable au samaritain qui verse de l'huile sur les blessures de l'idolâtre; ces charitables
sœurs, sans s'informer si les malheureux qui ont besoin de secours les méritent ou non,
commencent par porter remède aux maux du corps, et par leurs bienfaits ouvrent
l'âme au repentir, et préparent ainsi le retour à la vertu. Ce fut par une d'elles que
George abandonné, dévoré de remords et succombant sous le double poids de la
misère et de la maladie, fut arraché à la mort et au désespoir; elle le fit transporter à
l'hospice, où il fut soigné et guéri. Ses yeux s'ouvrirent, il reconnut ses torts, se promit de les réparer, et ne désira le retour de ses forces que pour aller trouver Philippe,
se faire agréer à sa place et le renvoyer à ses parents, pour obtenir d'eux son pardon;
il ne se doutait pas que le généreux Philippe avait déjà plaidé sa cause, et imploré
pour lui ce pardon qu'il désirait. Ce fut dans ces sentiments qu'il quitta l'hospice
pour se rendre en Flandre, où il croyait que le régiment de son frère devait être.

CHAPITRE V.

Retour de Henry.

Pendant que Philippe s'acheminait vers la Flandre, Henry travaillait sans relâche pour soutenir Marcelin et sa famille, tout en nourrissant le désir d'aller à la recherche de son père, il prit la résolution de commencer à parcourir la France, dès que Marcelin aurait assez de force pour travailler et subvenir aux besoins de sa femme et de ses enfants, qui ne pouvaient encore lui rendre aucun service, mais il ne s'attendait pas au nouvel obstacle qui allait se présenter : il avait eu facilement de l'ouvrage pour lui, il n'en fut pas de même de Marcelin, il avait été maître, et très-recherché par les habitants de la ville, c'était une raison pour que ses confrères ne le

4

voulussent pas dans leur boutique, car ils craignaient que dès que l'on saurait qu'il pouvait travailler, les habitants ne le prissent de préférence à eux; en conséquence ils résolurent de l'obliger à sortir de la ville, en refusant tous de l'employer. Marcelin et Henry étaient bien loin de soupçonner un semblable égoïsme et se désolaient de ne pouvoir trouver d'ouvrage, car dès que les maîtres menuisiers surent que Henry était le soutien de cette famille, ils ne voulurent plus l'occuper : ils aimèrent mieux renoncer à l'avantage qu'ils trouvaient à l'employer, que de risquer par là, de les voir se rétablir, ce ne fut que le hasard qui leur fit découvrir cette trame coupable. Un bourgeois, qui employait ordinairement Marcelin, rencontra un jour Henry et lui demanda pourquoi il n'avait pas voulu venir chez lui pour raccommoder les portes de sa bibliothèque. — Henry, étonné de cette inculpation, lui dit qu'il était prêt à s'y rendre. — Quoi ! vous n'avez pas dit à maître Pierre que vous ne vouliez pas travailler pour moi ? J'avais demandé qu'il vous envoyât de préférence, et il m'a assuré que vous aviez refusé net, ajoutant même qu'à cause de cela il vous avait dit de chercher de l'ouvrage ailleurs. — Henry protesta qu'il n'y avait de vrai dans tout cela, que la circonstance de son renvoi de l'atelier, mais qu'on ne lui avait allégué d'autre cause que le manque d'ouvrage, et là-dessus, il parla de Marcelin, qui, chargé de famille et ruiné par les pertes qu'il avait essuyées, avait besoin de travailler plus que tout autre. — Est-ce que Marcelin est encore dans ce pays, demanda le bourgeois? — Sans doute, Monsieur, il est resté long-temps malade après son malheur, mais il est rétabli maintenant et ne peut trouver à travailler : on dit que personne ne fait rien faire. — C'est un conte dicté par l'envie, soyez-en sûr, interrompit l'honnête habitant, car à moi, plusieurs m'ont dit que Marcelin avait quitté Soissons pour aller à Rheims. — Il n'en est rien, monsieur. — Je le crois, mais il est certain qu'ils veulent qu'on le croye, et c'est pour cela qu'on vous refuse de l'ouvrage, dites à Marcelin de venir demain matin chez moi, je veux faire des changements dans mon fruitier, j'ai des armoires à transporter, mille choses à raccommoder, j'ai de l'ouvrage à lui donner pour toute la semaine et je crois que l'évêque en a aussi, mais de très-considérable, je lui parlerai de cela tantôt : Marcelin est un brave et honnête homme, il mérite qu'on l'aide à sortir d'embarras, dites-lui qu'il ne manque pas de venir demain matin sans faute.

On avait vendu tous les outils de Marcelin, il ne lui était pas même resté un marteau, ni une scie; Henry, sans rien dire, va prendre son habit des dimanches qui était fort propre, quelques chemises de ses meilleures, et court les vendre pour en employer le prix à acheter ce qui est indispensable à Marcelin; il rentre alors avec ces premiers outils, et apprend à ce dernier la rencontre qu'il a faite de M. Papinaud, de ce qu'il lui a dit de la malice de ses confrères, et finit par lui annoncer qu'il est attendu pour travailler chez M. Papinaud le lendemain. — Eh! comment veux-tu que je travaille, sans outils, répondit Marcelin avec un gros soupir? — En voici, mon père, au moins d'après ce que m'a dit M. Papinaud, ceux-ci suffiront pour l'ouvrage qu'il veut vous donner demain, et après nous verrons; Marcelin sans pouvoir parler, serre Henry sur son cœur, et l'excellent Henry se trouve assez récompensé du sacrifice de son habit.

Le lendemain Marcelin se rendit avec Henry chez M. Papinaud, qui les occupa
ainsi que le jeune homme l'avait prévu, à des ouvrages dont ils vinrent facilement à
bout avec le peu d'outils qu'il s'était procuré. Pendant qu'ils étaient à travailler, l'é-
vêque vint visiter M. Papinaud, qui, poursuivant son projet de faire avoir à Marcelin l'ouvrage de la cathédrale, raconte au prélat les malheurs de l'honnête menuisier
et la méchanceté de ses confrères, qui le privaient des moyens de nourrir sa famille;
ce digne pasteur entra dans les sentiments de M. Papinaud et voulant aider l'homme
probe et laborieux et punir en même temps l'égoïsme coupable qui voulait le bannir
de la ville, il promit au bienfaisant M. Papinaud, de charger Marcelin de l'ouvrage
qu'il voulait faire faire à la cathédrale, il s'agissait d'entourer le chœur d'une boiserie,
de le garnir d'un double rang de stalles, et de faire un parquet élevé de six marches
pour monter à l'autel; c'était une entreprise considérable et qui pouvait rétablir les
affaires de Marcelin; mais comment s'en charger sans outils!.... Cette idée qui se présenta à lui au moment où Monseigneur, voulant avoir le plaisir d'annoncer lui-même
cette bonne fortune à son protégé, le fit demander pour lui expliquer tout ce qu'il
fallait faire; cette idée, dis-je, allait lui faire refuser la grâce que Monseigneur lui
accordait, lorsque Henry, qui le devina, lui serra la main en lui disant: la providence
ne vous abandonnera pas, acceptez. Monseigneur qui entendit confusément cette
phrase, crut que le jeune homme rendait grâce à la Providence, et jeta sur lui un
regard plein de bonté; ah! s'il eut su le nouveau sacrifice que cet étonnant jeune
homme méditait en ce moment, il l'eut bien plutôt admiré. Dès que le prélat et M. Pa-

pinaud furent sortis, Marcelin demanda à Henry comment il voulait qu'il pût se procurer les établis et tous les outils nécessaires à un aussi grand ouvrage. « Tu l'as entendu, disait cet infortuné, ce n'est pas une boiscrie toute unie que veut Monseigneur, ce sont des ornements très-compliqués... — Ne vous inquiétez pas mon père, le ciel y pourvoira, interrompit Henry, fiez-vous à moi ; il n'est pas besoin d'avoir tout à-la-fois, quand vous aurez deux établis et les outils indispensables pour débiter votre bois, que vous aurez mis l'ouvrage en train, Monseigneur vous fera avancer l'argent dont vous aurez besoin ; il ne serait peut-être pas prudent d'en demander avant, mais une fois que vous aurez commencé, il n'y aura plus rien à craindre. — Mais où veux-tu que je trouve quatre ou cinq cents francs qui me seraient nécessaires pour avoir ces premières choses dont tu parles ? — Ceci, c'est mon affaire, reprit Henry, ne vous en inquiétez pas. — Tu as donc la poule aux œufs d'or, interrompit Marcelin, (car il ignorait que pour lui procurer les outils de la veille, il avait vendu ses vêtements.) Sans cela tu ne pourrais avoir une aussi forte somme, même en ayant fait des économies aux dépens de ta subsistance. — Qu'importe, pourvu que vous ayez les choses nécessaires ; je n'ai pas besoin d'assurer à mon père que je n'emploierai pour cela aucun moyen dont il ait à rougir. — Non mon ami, non, et si tu veux me faire un secret de tes ressources, je ne te presserai pas davantage. » Henry rougit, étouffa un soupir, mais ne répondit pas à l'appel que Marcelin faisait à sa confiance, et il fallait en effet qu'il se tût, s'il voulait que son projet réussît, car Marcelin n'eut pas souffert qu'il l'exécuta.

CHAPITRE VI.

Henry s'engage.

A la pointe du jour, Henry se leva, fut à la caserne, et demanda l'officier chargé du recrutement. « Monsieur, lui dit-il avec une modeste assurance, combien me donnez-vous si je m'engage? — Cent écus. — Ce n'est point assez, il me faut six cents francs. — Vous avez donc fait des folies, jeune homme, et maintenant vous voilà réduit à vendre votre liberté pour vous acquitter. — Non, Monsieur, mais j'ai besoin de six cents francs, et de quatre jours de liberté après que je les aurai touchés... — Pour les manger, sans doute, non, Monsieur, cela ne se peut pas, je ne donne pas les mains à la débauche. » Henry avait déjà lancé un regard d'indignation à l'officier,

Lith. de G. Engelmann.

et celui-ci l'avait remarqué; mais la fin de la phrase de ce militaire, prouvant que c'é-
tait par un sentiment de délicatesse qu'il parlait ainsi, Henry retint sa colère, et reprit
avec dignité : « Il n'est peut-être pas bien à vous, Monsieur, de supposer d'indignes
motifs à ma demande, mais enfin puisque vous ne me connaissez pas, et qu'elle est
en elle-même extraordinaire, je ne dois pas m'en offenser, ainsi j'y reviens, et vous
demande, si en vous jurant devant Dieu et sur l'honneur, que les six cents francs que
je vous demande seront employés d'une manière convenable, et non pas ainsi que
vous l'avez pensé, vous pouvez me les accorder et avec quatre jours de liberté dont
j'ai besoin pour les appliquer aux emplettes auxquelles je les destine. »

L'officier qui avait suivi tous les mouvements de Henry, qui avait bien vu que
l'expresssion de colère qu'il avait remarqué dans ses yeux n'avait pas été causée par le
refus, mais par la supposition qu'il avait faite du mauvais emploi de cette somme,
fixa encore une fois son regard sur celui de Henry, en lui disant : « Ne pouvez-vous
me faire une confidence entière, et me dire à quoi vous destinez cette somme, et
pourquoi vous désirez quatre jours de liberté. — Non, répondit Henry, je ne puis
que vous assurer que si vous m'accordez ma demande, ni vous, ni moi, n'aurons à
nous en repentir, je vous en aurai toute la vie une sincère obligation, et vous aurez
assuré le bonheur d'une famille. — Signez donc, en me donnant votre parole de vous
retrouver ici dans quatre jours, à la même heure, je vous crois incapable de me
tromper, il y a dans votre voix un accent de franchise et de vérité qui ne me permet
pas d'hésiter. Voici vos six cents francs, allez, et que tout réussisse au gré de vos

désirs. » Une larme brilla dans l'œil de Henry, il l'essuya furtivement, signa sans dire mot, et ne remercia l'officier que par un regard ou son âme se peignit toute entière ; il fut entendu, le militaire lui serra la main, en lui disant : « au revoir, camarade. — Au revoir, » murmura Henry à demi-voix, car il avait peur de laisser voir son émotion. Henry venait de sacrifier pour la seconde fois, ce désir si vif, si pressant, qui, depuis quatre ans, était le but de son travail, l'objet constant de tous ses vœux, la chimère qui l'occupait sans cesse, qu'il caressait jour et nuit, l'espérance de retrouver son père ! il le sacrifiait à la reconnaissance, au besoin de procurer à son père adoptif, les moyens de recouvrer son ancienne aisance ; ah ! se disait ce pieux enfant, c'est en remplissant le devoir filial près de celui qui m'a tenu lieu de famille, que je mériterai de retrouver la mienne : Dieu sans doute me tiendra compte du sacrifice que je fais en ce moment, et m'aidera mieux à retrouver les auteurs de mes jours, que les recherches que je pourrais faire ; suivons la ligne que le devoir et mon cœur me tracent, et la providence fera le reste. Il rentra chez Marcelin au moment où celui-ci l'appelait pour aller à l'ouvrage : tenez mon père lui dit-il, voilà six cents francs, occupez-vous de vous procurer ce qui vous est le plus nécessaire pour l'entreprise de la cathédrale ; à la vue de ce trésor, Marcelin recule avec un espèce d'effroi : mon fils qu'as-tu fait ! s'écria-t-il avec douceur, mais avec un accent douloureux : — rien que d'honorable, répondit Henry, cet argent m'appartient légitimement, je vous le jure, et vous pouvez l'employer sans crainte, ajouta-t-il d'un ton assuré. — Je ne doute pas de ce que tu me dis, Dieu m'en préserve, mais je ne sais quel sentiment oppresse mon cœur, et au lieu de me faire recevoir avec plaisir ce don que m'offre ta tendresse, me le fait accepter avec une répugnance que je ne puis vaincre; à ces mots, Henry eut une peine extrême à retenir ses larmes, il savait combien Marcelin et sa femme seraient affligés de son éloignement; depuis un an il leur avait tenu lieu de leur enfant, et en le perdant, ils allaient sentir se renouveler toute la douleur qu'ils avaient éprouvés, lors de la disparition de Philippe; il avait été pour eux non-seulement le plus tendre des fils, mais une véritable providence; il avait soutenu, consolé sa mère, ramené la vie dans l'âme défaillante de Marcelin, il lui donnait les moyens de réparer ses pertes, il devinait bien toute l'amertume que leur séparation allait répandre dans leurs cœurs, et il venait d'en signer l'arrêt!.. Il se contînt le mieux qu'il pût, balbutia quelques mots inintelligibles, puis s'éloigna en feignant d'avoir oublié quelque chose; Marcelin rentra dans la chambre pour porter à sa femme l'argent de Henry et faire une note des objets les plus urgents; ils virent qu'avec quatre cents francs ils y pourvoiraient, et lorsqu'Henry revint, ils voulurent lui rendre les deux cents francs excédents, mais il les refusa en leur observant qu'ils auraient besoin de quelques ouvriers pour les aider et qu'il fallait de l'argent pour les payer; enfin, il quitta Marcelin pour aller travailler chez M. Papinaud, pendant que son père irait faire les emplettes désignées. Marceline plus étonnée encore que son mari de la somme énorme, comparativement à leurs moyens, que Henry venait de lui remettre, chercha à l'arrêter pour le questionner, mais celui-ci devinant son motif, se hâta de sortir, il ne voulait leur apprendre la triste vérité qu'au moment du départ, et surtout, que quand l'emploi de la somme rendrait le retour impossible , car il avait engagé sa parole et il regardait comme une chose contre l'honneur, de chercher à ne la pas tenir, et même en rendant la somme qu'il avait reçue, il ne se serait pas cru dégagé honorablement. Ainsi il s'arracha des bras de Marceline qui l'embrassait tendrement, et s'enfuit en courant jusque chez M. Papinaud, où il travailla avec activité pour appaiser le trouble de son cœur; mais cette journée lui sembla à-la-fois d'une longueur insupportable, et d'une brièveté cruelle ; c'était une de moins sur les quatre qui lui avaient été accordées, et c'était seulement le soir qu'il pouvait voir ses parents, être près d'eux, entendre leurs voix chéries ; il allait voyager, il est vrai, et depuis long-temps il en nourrissait le désir, mais c'était seulement pour chercher son père qu'il pouvait souhaiter de quitter Marceline, et ce n'était plus pour réaliser ce projet favori, qu'il allait s'éloigner, pour la première fois, de ceux qui jusqu'ici avaient été sa seule famille ; ces réflexions qui l'avaient occupé tout le jour, se représentèrent avec une nouvelle force, lorsqu'il revint près de Marcelin et de sa femme; il s'informa avec empressement si toutes les emplettes étaient faites; on lui en montra une partie et on lui dit que le reste serait apporté le lendemain; eh bien, dit Henry, demain l'ouvrage de M. Papinaud sera terminé et nous pourrons commencer celui de la cathédrale.—Oui, si cela convient à Monseigneur ? — Oh je l'espère bien, il faut absolument que nous ayons commencé . . . . . ., il allait dire, avant que je vous quitte, mais il s'arrêta et dit, après demain; je conçois ton impatience, répondit Marcelin, tu es pressé de voir la mine que feront ceux qui nous ont refusé de l'ouvrage et combien ils seront piqués de nous voir celui de la cathédrale, cependant mon ami il faut craindre de faire comme eux et de manquer aussi de charité. — Soyez tranquille mon père, je vous assure que le ressentiment est loin de mon cœur, je ne pense plus qu'au plaisir de vous voir commencer une entreprise avantageuse et d'être sûr qu'elle ne peut plus vous échapper.—Ce plaisir-là tu l'auras aussi bien un jour plus tard, l'essentiel était d'avoir la protection et la parôle de Monseigneur, il nous l'a accordée, par une grâce spéciale de la providence, puisque nous ne l'avions pas sollicité, il me semble que nous avons tout lieu d'être certain de cette affaire. — Oui mon père, je le crois comme vous, mais je tiens à ce que nous commencions à y travailler le plutôt possible. Marcelin sourit, Henry baissa les yeux pour ne pas rencontrer le regard de sa nourrice qui l'observait, et un triste pressentiment serra le cœur de Marceline.

Le lendemain, Henry se présenta respectueusement chez le prélat et lui demanda la permission de commencer le travail de l'église. — Très-volontiers, répondit-il, et comme je pense que votre père peut avoir besoin d'argent pour acheter le bois, voici cent écus que je vous remets pour cette acquisition, quand il en faudra d'autre vous me le direz; c'était justement pour cet article que Henry tremblait, et c'était pour cela qu'il avait voulu aller à l'évêché, déterminé qu'il était, à le demander au prélat s'il n'en faisait pas l'offre; il le remercia donc avec vivacité et avec cet accent du cœur qui donne un charme particulier aux expressions qu'on emploie; l'évêque surpris, le regarda avec étonnement, et lui demanda comment il se faisait qu'il eut

5.

un langage aussi distingué, n'ayant pu probablement recevoir une éducation soignée. — Si l'éducation consiste dans les sentiments de religion, d'honneur, de probité, dans la connaissance de ce qui est bon, bien et généreux ; j'ai reçu une parfaite éducation des vénérables religieuses qui ont soigné mon enfance, et des respectables parents à qui elles m'ont ensuite confié, répondit Henry avec une noble franchise. — Comment, vous avez été au couvent, reprit en souriant le prélat. — Si ce n'est au couvent, ce ne sont pas moins des religieuses qui ont formé mon âme et mon cœur. J'ai été élevé à l'hospice de cette ville. — Et connaissez-vous vos parents? — Non Monseigneur, cependant un billet trouvé sur moi, assure que j'appartiens à une honnête famille et qu'un jour mes parents se feront connaître ; depuis que l'on m'a donné cet espoir, je nourris le désir de faire quelques efforts pour retrouver ceux à qui j'appartiens, jusqu'ici je n'ai pu le satisfaire, mais maintenant que mon père adoptif sera sous votre protection, je ne craindrai plus pour lui l'infortune, et je pourrai m'éloigner sans redouter pour lui les coups du sort. J'ose vous demander Monseigneur de ne le point abandonner, c'est l'homme le meilleur et le plus vertueux, il est digne de vos bontés. Plus Henry se laissait aller aux inspirations de son cœur, plus le prélat semblait attentif à étudier ses traits, le son de sa voix surtout, portait l'émotion au fond de son âme, et on voyait qu'il était occupé à rassembler des idées, à saisir des indices sur quelque chose qui l'intéressait fortement. — Avez-vous ce billet trouvé sur vous, demanda-t-il à Henry, sans lui répondre à ce qu'il disait sur Marcelin? — Oui Monseigneur, mais je ne le porte pas sur moi de peur de le perdre.

— Eh bien allez me le chercher. — Volontiers Monseigneur, mais puis-je espérer votre protection pour Marcelin. — Oui, je vous le promets, allez et revenez vite. Henry courut porter à Marcelin l'argent que lui avait remis le prélat, et désormais certain que cet ouvrage ne lui serait pas enlevé, il fut plus tranquille sur leur sort à venir et se livra encore un moment à l'espérance de retrouver sa famille. Il prit dans son armoire le précieux billet et le porta à l'évêque, qui n'avait pas bougé de sa place, et l'attendait dans l'attitude d'un homme que l'espérance agitait, il prit le billet d'une main tremblante, mais il ne l'eut pas plutôt ouvert, qu'il laissa retomber sa main, comme quelqu'un qui n'a pas trouvé ce qu'il attendait; cependant, il le considéra de nouveau, le lut, s'arrêta à la date, calcula, examina encore les traits de Henry avec une scrupuleuse attention, lui demanda quel âge il avait lorsqu'il fut déposé à l'hospice, et ferma les yeux pour entendre sa réponse, comme quelqu'un, qui ayant retrouvé un son déjà connu, chercherait à se convaincre qu'il ne s'est pas trompé, en rassemblant toute son attention pour ne laisser échapper aucune inflexion afin de fixer ses idées; Henry plus étonné que jamais, lui répondit, (avec une certaine émotion qui sans doute donna à sa voix une nouvelle ressemblance avec celle que le prélat cherchait à se rappeler,) qu'il devait être nouvellement né, puisqu'on l'avait donné à nourrir à la femme de Marcelin. — Oui ce doit être cela, dit le prélat en se parlant à lui-même, et paraissant calculer des époques, oui, cela doit être ainsi, regardez-moi Henry, n'ayez pas l'air étonné comme cela, regardez-moi comme un.... parent.... peut-être, mais bien sûrement comme un ami...

je veux être le vôtre, Henry.... entendez-vous ; — Monseigneur.... votre bonté.....— Il n'est pas question de bonté, Henry, il est possible que je sois votre parent, mais ne le serais je pas, vos traits, votre regard, votre voix surtout, ont fait une telle impression sur moi, que désormais vous ne pouvez plus m'être indifférent ; il faut tacher de trouver votre père, si vous n'y parvenez pas je vous en servirai. Mais ce que je vous demande, c'est de m'aimer.—Il faudrait que je fusse bien ingrat, si je n'étais touché de la bienveillance que vous daignez m'accorder; mais Monseigneur, en me disant qu'il faut tacher de retrouver mon père, vous semblez le connaître, veuillez me dire de quel côté je dois porter mes pas.—Je crois que votre père se nomme Framberg; il doit être allemand et demeurer dans les environs de Mayence : je ne puis vous en dire davantage, n'ayant aucun titre qui prouve que je ne me trompe pas, je ne puis vous nommer celle à qui je pense que vous devez le jour. Elle me fut bien chère !.... mais son nom ne doit pas sortir de mes lèvres, jusqu'à ce que son époux soit retrouvé ou connu, et qu'un titre en règle, vous donne le droit de réclamer d'elle, le doux nom de fils.... ne prenez que le temps de vous faire faire quelques habits et partez; ce billet doit être de la main de Framberg, j'ai peu vu son écriture, mais je crois cependant la reconnaître; voilà dix louis. — Je vous remercie Monseigneur, reprit Henry, je suis pénétré de reconnaissance, mais je vous prie de me permettre de ne point accepter vos bienfaits, parce qu'il me sont inutiles ; tant que je pourrai suffire à mes besoins, par mon travail, je ne prendrai point le patrimoine des infirmes et des malades, c'est à eux Monseigneur, que votre charité consacre presque tout son revenu, ce serait donc un vol que je leur ferais.

— Pourquoi cette fierté réparti le 'prélat, ... j'ai peut-être quelques droits... '
mais c'est plus que je ne veux t'en dire; vas jeune homme, et souviens-toi
que s'il est honorable de savoir se suffire ,, il est quelquefois déplacé de repousser
la main qui s'offre à nous aider, et qu'il est des protecteurs que l'on doit craindre
d'offenser. — Celui qui ne demande rien, peut se passer de protecteurs, répliqua
vivement Henry, je cherche un père, et non la fortune; si mes parents me re-
poussent, qu'ils gardent leurs biens, je puis m'en passer, et je ne veux pas perdre
cette heureuse faculté. En me plaçant, ainsi qu'ils l'ont fait, mes parents m'ont au
moins rendu l'important service de me rendre indépendant, et jusqu'à ce que je les
connaisse, je ne plierai point ma tête sous le joug des obligations, excusez-moi
Monseigneur, et recevez l'hommage de mon respect ; Henry salua et s'éloigna, avant
que le prélat ait pu lui répondre ; celui-ci sentit bien que Henry était blessé de ce
que soupçonnant être son parent, il ne lui découvrait pas entièrement l'histoire
qu'il lui importait si fort de connaître ; en effet, comment, sur un simple nom, aller
à la recherche de quelqu'un ; ne peut-il pas se rencontrer plusieurs Framberg, s'il
eut eu quelques détails sur le mariage de sa mère, en interrogeant tous ceux de ce
nom, il eut pu peut-être découvrir celui qu'on soupçonnait devoir être son père, mais
différer à le reconnaître jusqu'à ce qu'un titre lui donna le droit de réclamer sa famille, lui paraissait aussi injuste que peu délicat; quelle obligation leur aurais-je, (se
disait Henry,) de me reconnaître, lorsque mes titres à la main ils ne pourront plus
me désavouer, ce sera donc la loi et non leur cœur, qui me placera dans la famille ;

je ne veux rien devoir, à qui n'est pas capable de sentir quel prix j'aurais attaché aujour-
d'hui à ma reconnaissance volontaire ; non, Monseigneur, quelque soit ma naissance,
vous ne me serez jamais rien, il fallait m'ouvrir vos bras, me recueillir sur votre sein,
me donner une place dans votre cœur et non m'offrir votre bourse ; gardez votre
or, je n'en ai nul besoin. Ce fut en faisant tumultueusement toutes ces réflexions,
que Henry s'éloigna du palais épiscopal, pour aller prendre à la métropole, la me-
sure des boiseries que Marcelin avait à faire ; il s'en acquitta avec exactitude, revint
à sa maison tracer le plan de l'ouvrage et joindre la grâce à la correction ; lorsque
Marcelin rentra, il fut enchanté de ce qu'avait fait Henry, et celui-ci profita de cet
instant, pour raconter la conversation qu'il avait eu avec le prélat, relativement à sa
naissance ; Marcelin blâma son cher Henry, d'avoir repoussé, avec aussi peu de mé-
nagement, la protection d'un homme qui peut-être , lui était très-proche parent ; et
c'est pour cela qu'il est inexcusable, s'écria Marceline, qui ne serait fier d'avoir un
fils tel que Henry!... Non, non, Henry n'a pas mal fait de rejeter ses offres, tout ou
rien ; mais il faut partir mon fils, quelque bonheur que nous éprouvions à t'avoir
près de nous, quelqu'utile que tu sois à ton père, il faut nous quitter, il faut suivre
les indications que l'évêque t'a données, quelques légères qu'elles soient, elles peuvent
te conduire, si le ciel daigne t'aider, à retrouver ta famille ; c'était justement ce que
Henry attendait, il avait senti que son départ causerait bien moins de chagrin à ses
parents adoptifs, s'ils pouvaient croire que leur séparation avait pour but son bonheur, que s'ils savaient qu'il avait fait le sacrifice de sa liberté pour assurer leur exis-

tence; il résolut donc de leur cacher cette généreuse preuve de son attachement, et de se servir du prétexte que lui fournissaient les paroles du prélat, pour s'éloigner sans qu'ils connussent sa véritable destinée. Ainsi après quelques faibles objections il eut l'air de se laisser convaincre de la nécessité d'aller en Allemagne. Marcelin voulait qu'il prît, sur l'argent qui lui restait, les dix louis que le prélat lui avait offerts; Henry les refusa, et ce ne fut que pour ne pas désobliger ses parents qu'il en accepta deux. Marceline, bien sûre que Henry ne voudrait pas d'argent, était sortie et lui avait acheté deux belles chemises, des bas de soie, des cravates, des mouchoirs, enfin une toilette complète (car elle ignorait qu'il n'avait plus son bel habit); et comme il lui eût été inutile, étant militaire, Henry cacha soigneusement qu'il s'en fût privé, accepta le linge qui pouvait lui servir, et fit son petit paquet.

Ce ne fut pas sans verser des larmes qu'il quitta ses bons parents; il leur promit de leur écrire souvent, de revenir bientôt, quoiqu'il sût qu'il ne pourrait pas tenir cette dernière promesse, leur demanda instamment de lui donner de leurs nouvelles, poste restante à Strasbourg et ensuite à Mayence, parce qu'il se promettait en écrivant au directeur de la poste, de se faire envoyer leurs lettres où il serait, car il ignorait encore à quel endroit il serait envoyé. Enfin la veille du jour où il devait se rendre à la caserne, il prit congé après les plus tendres embrassements. Marcelin voulut le conduire; comme il était tard, il y consentit, à condition qu'il le quitterait avant la nuit, pour retourner près de Marceline, ce qui fut exécuté, non sans répandre des larmes de part et d'autre.

CHAPÍTRE VIII.

A la pointe du jour, Henry se trouva à la porte de l'officier qui l'attendait avec confiance. — Me voici, lui dit Henry. — Je n'en doutais pas, répondit le militaire, buvons la goutte, nous allons nous mettre en marche dans un instant. Et pour quel pays? — Ah! vous n'êtes donc plus si indifférent? J'en suis bien aise, et cela me donne le courage de vous demander si vous êtes content de l'emploi de vos quatre jours? — J'oubliais de vous en remercier; pardonnez-moi, je suis encore si ému, si troublé; mais j'ai réussi au-delà de mon attente, vous m'avez rendu un service que je n'oublierai jamais! — N'en parlons plus, je veux être votre ami, et si vous répondez à mon affection j'aurai plus gagné que vous; — Henry présenta sa main

Lith de Engelmann.

(43)

l'officier, en ui disant : vous m'honorez beaucoup, mais mon cœur est digne de l'a-
mitié d'un brave, peut-être trouverai-je l'occasion de vous le prouver. En ce moment
le roulement se fit entendre, Henry suivit l'officier qui le mit en rang, fit l'appel, et
donna l'ordre du départ. On fit halte pour le dîner, et Henry réitéra la demande
qu'il avait déjà faite : où allons nous? — à Strasbourg, où est le 21ᵉ régiment dont
vous êtes destiné à faire partie. — O providence! je te remercie, dit intérieurement
Henry, en levant les yeux au ciel avec une vive expression de joie; l'officier le remar-
qua : cela vous arrange à ce qu'il paraît, allons , vous vous réconcilierez avec votre
état, car il faut vous le dire, quoique votre engagement soit volontaire, vous avez
bien l'air d'être militaire malgré vous. Henry sourit : malgré moi, ce n'est pas le mot;
mais il est vrai que ce n'est pas par goût que j'ai pris le parti des armes; l'idée de ti-
rer sur mon semblable me fait frissonner d'horreur, je n'éprouve pas la moindre
peine à la pensée d'exposer ma vie, si c'est utile à mon pays, cela me paraît un devoir; mais à celle de donner la mort, je me sens pénétré d'effroi. — J'étais comme
vous il y a dix ans, répondit l'officier, mais la nécessité de défendre sa vie, le désir
de vaincre, celui de remporter la victoire, l'honneur qui y est attaché, tout cela
anime, étourdit sur les moyens qu'on est forcé d'employer pour y parvenir; on finit
par ne plus voir que la gloire, sans regarder le chemin à parcourir pour l'atteindre
— Sans doute cela doit être ainsi, mais il me faudra du temps pour me familiariser.
— Pas tant que vous le croyez, tout français sur le champ de bataille devient bon
soldat. — Je n'ose pas même le souhaiter. Cela viendra sans que vous y pensiez,

6.

Gloire, Honneur, Patrie, voilà trois mots magiques, qui, comme un talisman, agiront sur vous, ou ce n'est pas du sang français qui coule dans vos veines. Henry rougit en pensant qu'en effet, il pourrait bien être un peu mêlé, et déjà indigné de ce qu'on voulait rabaisser sa patrie en élevant la France au-dessus des autres pays, il répliqua : croyez-vous donc que ces mots ne soient un talisman que pour les seuls Français; l'honneur est de tous les pays, la patrie est chère à tous les hommes, et la gloire est le hochet après lequel court tout l'univers. — Voilà qui est bien dit mon brave, mais personne ne pourra contester que les Français sont ceux qui courent le plus fort après ce hochet, et qui l'atrappent le plus souvent; — où la légèreté peut servir, les Français doivent avoir le pas. — Eh! mais de quel pays êtes-vous donc? — De Soissons,—de Soissons, et vous parlez contre votre nation? —Dieu m'en garde, mais il faut être juste en tout, et il ne faut pas que l'orgueil nous fasse mépriser les autres; c'est un peu notre défaut, j'ai voulu en faire la critique et voilà tout. — Henry, quoique toujours peiné de sa séparation d'avec les Marcelin, se trouvait tellement encouragé par cette espèce de protection divine qui le conduisait aux frontières d'Allemagne plutôt qu'à tout autre endroit de la France, qu'il avait repris une partie de sa gaieté; il lui semblait que c'était un engagement tacite que le ciel prenait avec lui de lui faire retrouver sa famille, et cette pensée le consolait d'avoir engagé sa liberté. La route se fit sans que Henry eut d'autres sujets de chagrins; les hommes avec lesquels il se trouvait étaient des ouvriers qui, mécontents de leur sort, avaient échangé leur pioche, leur marteau ou leur truelle contre le havresac, et comme leur paresse n'avait pas encore fait la comparaison des fatigues du soldat avec celles de l'ouvrier, ils étaient encore persuadés qu'ils avaient pris le parti qui devait leur procurer le plus de repos. Ils étaient assez peu instruits ; mais aucun d'eux n'avaient de ces vices qui dégradent l'homme. La route se fit donc paisiblement.

CHAPITRE IX.

Histoire de George.

Tandis que Henry suivait sa destination, George, rendu au sentiment de ses devoirs, et voulant réparer ses fautes, avait pris le chemin de la Flandre, où son frère Philippe avait dû rejoindre son régiment, car il ignorait que le recruteur qui l'avait secondé pour engager ce jeune homme, dont la belle taille et l'air vigoureux l'avaient charmé, avait eu meilleure opinion de lui qu'il ne le méritait, et que, dans la crainte que le lendemain il ne se repentît du tour qu'il avait joué à son frère, il l'avait fait partir dans une autre direction, ce qui avait rendu les démarches de Henry inutiles, car c'était bien en effet Philippe que le vieillard avait remarqué ; mais le détachement s'était divisé à quelques portées de fusil de la ville, et une partie avait pris le chemin du nord, tandis que l'autre avait continué sa route vers l'est. George suivit donc une direction qui devait l'éloigner de celui qu'il désirait rencontrer ; mais Dieu qui voit dans les âmes, tient compte à l'homme du désir qu'il a de faire le bien, quand ce désir est sincère et qu'il cherche à le réaliser. Ainsi George, courant sur la route qu'il croyait que son frère avait prise, avait tout autant de mérite que s'il eût en effet accompli la résolution qu'il avait prise de se faire agréer pour soldat en place de Philippe. Le Ciel le destinait à d'autres épreuves, pour le punir de sa jalousie et de sa mauvaise conduite ; car c'est souvent une grâce que Dieu accorde à ceux qui se repentent de leurs fautes, de les leur faire expier en ce monde, afin de n'avoir pas à leur infliger les châtiments bien plus cruels de l'autre vie ; George donc, obtint cette faveur de l'Eternel, et s'en montra digne par la résignation avec laquelle il se soumit aux volontés de la Providence. Au moment où il sortit de l'Hôtel-Dieu, il était extrêmement faible, et ne pouvait faire que de très-petites journées, le quatrième jour de son voyage, il rencontra sur sa route un charretier qui lui offrit de le prendre sur sa voiture jusqu'à la ville. George lui déclara qu'il n'avait pas d'argent ; mais le charitable voiturier ne retira pas son offre, et George monta dans sa charrette. Il faisait un soleil ardent, le chemin était superbe ; bientôt George, fatigué, s'endormit profondément, le charretier en fit autant, et les chevaux, qui étaient cependant jeunes et vigoureux, suivirent le pavé abandonné à leur seule direction, cela est sans inconvénient, quand aucun obstacle ne vient déranger ces animaux ; mais, pour le malheur de George et de son compagnon, il arriva qu'une charrette qui venait en face, était conduite par un de ces étourdis qui ne voyent que le plaisir de faire une malice, sans penser aux suites que leur plaisanterie peut avoir ; ce jeune fou, passant auprès des chevaux qui traînaient leur conducteur endormi, fit claquer son fouet avec une force épouvantable, et acheva d'effrayer les pauvres bêtes, en leur en appliquant un coup vigoureux ; ces chevaux, jeunes et pleins d'ardeur, prirent le mords aux dents et coururent avec une impétuosité terrible, renversant sur leur passage tout ce qui s'y rencontrait. Le malheureux charretier s'éveillant aux cahots qui le faisaient sauter en l'air, voulut s'élancer hors de la voiture et tomba sous les roues qui lui brisèrent les jambes ; George épouvanté se garda bien de le suivre, et par ses cris augmentait encore la frayeur des chevaux ; ils culbutèrent plusieurs voitures, blessèrent quatre personnes qui ne s'étaient pas dérangées assez vite, écrasèrent un enfant, et enfin ne s'arrêtèrent qu'en renversant et brisant la charrette contre le pignon d'un mur qui se trouva au travers du chemin qui tournait en cet endroit. George fut jeté au loin sur un tas de pierre où il resta sans connaissance ; il fut transporté à l'hôpital, où il demeura quinze jours sans aucune parole et comme privé de tout sentiment ; il ne put donc donner aucun renseignement sur ce qui s'était passé, et on le prit pour le conducteur de la charrette et l'auteur de tous les malheurs qui avaient eu lieu, ce qu'on attribua à un état d'ivresse, cause trop ordinaire de ces sortes d'évènements. L'insensibilité dans laquelle il paraissait plongé devint suspecte, et on soupçonna qu'il la feignait à dessein d'éviter la punition que les lois infligent en pareil cas, de manière qu'on employa des moyens violents pour le déterminer à renoncer à ce stratagême ; on lui posa des vésicatoires qui rappelèrent en lui la connaissance, mais qui lui occasionnèrent une fièvre nerveuse qui le mit à deux doigts de la mort, et à la suite de laquelle il resta long-temps comme imbécile : ce fut dans cet état qu'il fut traduit devant la police ; et, comme il ne connaissait pas le véritable propriétaire de la voiture, et qu'il ne pouvait que protester que ce n'était pas lui ; que d'ailleurs deux mois s'étaient écoulés sans que personne se fût présenté pour réclamer les chevaux qui étaient restés en fourrière, il parut constant au tribunal de police, que sa dénégation n'était fondée, que sur la crainte de la punition, et on le condamna à une amende très-forte, plus à une prison de six mois ; car il était bien prouvé qu'il avait été vu seul dans la charrette, criant comme un homme hors de lui ; que cette même charrette avait blessé plusieurs personnes et écrasé un enfant.

Aucun autre propriétaire ne se présentant, et lui-même ne pouvant donner aucun indice sur ce qu'était devenu celui qu'il disait l'avoir reçu dans sa charrette, il fut passé outre sur ses réclamations, et le malheureux George fut conduit en prison. Il se soumit avec résignation, se disant intérieurement : Si je ne suis pas coupable de la faute qu'on m'impute en ce moment, j'en ai commis une bien plus grave, et pour laquelle je mérite bien d'être puni, car j'ai causé le malheur de mon frère, j'ai plongé mon père et ma mère dans l'affliction ; peut-être les ai-je ruinés, en les privant du travail de mon frère, et en détournant mon père de ses occupations, il n'aura pu tenir son

7

marché et aura tout perdu : ces réflexions , qui remplissaient son âme d'amertume ; l'empêchèrent de mettre dans sa défense toute la fermeté qui eût été nécessaire pour convaincre ses juges ; d'ailleurs sa maladie l'avait laissée comme hébêté , et ses idées n'avaient pas assez de suite pour que sa défense pût porter un caractère de vérité. Pour son malheur , le véritable coupable, qui s'était précipité de la voiture , avait été rencontré par un voyageur plein de cette tendre humanité qui devrait exister dans le cœur de tous les hommes , et qui est cependant si rare. Cet homme bienfaisant, ému par les cris de l'infortuné , fit arrêter sa voiture , le fit placer avec soin dans le fond , et , comme son habitation était plus proche que la ville , il le fit conduire chez lui, où il le fit panser aussitôt par un habile chirurgien ; mais ce malheureux qui avait la funeste habitude de boire beaucoup d'eau-de-vie, avait le sang brûlé, de manière que , malgré tous les soins de son bienfaiteur , en peu de jours, il fut emporté, sans avoir pu donner aucun éclaircissement sur ce qu'il était , ni sur ce qui l'avait mis dans ce triste état ; et comme il était garçon , propriétaire de ses chevaux et de sa charrette , et qu'il n'était pas du pays où il se trouvait , sa mort fut ignorée , et George fut héritier malgré lui de sa fortune et du malheur qui lui procurait cet héritage.

Quelques semaines s'étant encore écoulées , sans que le pauvre George reçût aucun adoucissement à ses peines , sans que personne vînt , comme il l'espérait , réclamer les chevaux. Il s'était résigné à subir les six mois de prison ; mais comment payer l'amende à laquelle on l'avait condamné : on lui proposa de faire vendre les chevaux , mais y consentir, c'était s'en déclarer propriétaire; et ils n'étaient pas à lui; sa pauvre tête fatiguée de tant d'inquiétude, aurait finie par se perdre tout-à-fait, si la Providence n'était venue à son secours, en lui envoyant un moyen de finir tous ces embarras. On avait besoin de sujets pour la marine, et le gouvernement avait chargé un commissaire de visiter toutes les prisons, et de proposer à tous ceux qui n'étaient detenus que pour des causes accidentelles et n'étaient accusés d'aucun crime, ni d'actions déshonorantes, d'acheter leur grâce, en s'enrôlant dans la marine, on offrit donc à George de prendre du service, et il accepta avec reconnaissance, abandonna les chevaux à la police pour payer l'amende, en renouvelant sa déclaration que, n'en étant pas propriétaire, il ne réclamait pas ce qui pourrait revenir sur la vente des chevaux, et le laissait pour être restitué à qui il appartiendrait, et il se rendit à Lorient, lieu désigné pour l'embarquement.

La vie d'un marin est pénible, et pour être matelot, sans beaucoup souffrir, il faut avoir été mousse dès l'enfance, alors l'habitude a endurci le corps aux exercices de cet état, et une fois fait à ce genre de vie, il n'en éprouve qu'une fatigue est pas de même pour ceux qui, jusqu'à vingt ans, ont été étrangers à ces sortes de travaux, et George eut véritablement à souffrir; mais soutenu par le désir de réparer par une bonne conduite, ce qu'il avait à se reprocher des années précédentes, George se plia à tout, supporta la contrainte et les désagréments de son état avec courage, et reçut bientôt la récompense que méritait sa bonne conduite, car le chef des matelots, l'ayant distingué, et ayant reconnu qu'il

7.

avait assez d'éducation première, et d'intelligence, pour faire un bon marin, l'occupa de manière à lui laisser du temps pour étudier, lui fournit des livres, et se proposa de l'aider lui-même de ses instructions particulières. George qui avait été entraîné par la pernicieuse amitié qu'il avait contractée malgré les avis de ses parents, avec le jeune fils du maître maçon, amitié qui l'avait conduit insensiblement de la dissipation aux sentiments les plus injustes, puis ceux-ci aux fautes les plus graves, et ensuite au malheur; George, dis-je, qui avait reçu de la nature une capacité peu commune, saisit avec empressement l'occasion qui lui était offerte, et s'appliqua avec tant d'assiduité aux mathématiques et aux différentes études nécessaires à la marine, qu'il étonna ses maîtres et obtint l'estime de tous ceux qui se trouvaient sur le bâtiment. De ce moment sa position changea, et il cessa d'être malheureux. Arrivé à ce point il écrivit à son frère Philippe, pour lui apprendre tout ce qui lui était arrivé, l'informer de l'intention qu'il avait eu d'aller prendre sa place, du malheur qui s'y était opposé, et de la position où il se trouvait, de son regret d'avoir causé du chagrin à ses parents et à lui Philippe; enfin, il le priait d'obtenir son pardon et de lui écrire à Lorient, où il n'était plus que pour peu de temps, devant incessamment faire partie d'un armement qui devait se rendre en Amérique. Mais cette lettre qu'il adressa au 12ᵉ régiment ne parvint pas à Philippe, puisqu'il n'en faisait pas partie, ayant été envoyé au 6ᵉ, dans une direction tout opposée. Le pauvre George ne reçut par conséquent aucune réponse, et partit avec la douloureuse pensée que son frère avait repoussé sa prière, ou que son père avait été inflexible. Cependant il ne se décourage.ni ne s'irrita de ce qu'il croyait être une rigueur de la part de sa famille, il s'y soumit respectueusement, espérant qu'en continuant à se bien conduire et à se distinguer, il obtiendrait enfin de rentrer en grâce avec ses parents. Ce fut avec cette espérance qu'il quitta sa patrie et en faisant des vœux pour le bonheur de ceux qui avait comblé son enfance de soins et de tendresse, dont il avait méconnu les bontés et dont il se croyait rejeté en ce moment.

CHAPITRE X.

Henry passe à l'inspection du capitaine.

L'officier, qui, véritablement avait pris Henry en amitié, le présenta en particulier à un capitaine avec qui il était intimement lié, en le priant de faire tout ce qui serait possible pour donner de l'avancement à Henry, dès qu'il serait au courant de l'exercice et des manœuvres. Le capitaine qui attachait beaucoup de prix à la taille et à la tournure d'un militaire, fit mettre Henry, en position, l'examina et le trouvant fort bel homme, promit à son ami de le faire caporal très-incessamment, qu'il n'avait qu'à se presser de savoir faire et commander parfaitement l'exercice, que son avancement dépendrait de sa promptitude à se mettre en état de l'obtenir. Henry qui voyait dans un grade le moyen d'obtenir une per-

FRANCE
Lith de Engelmann.

mission d'une quinzaine de jours d'absence qu'il pourrait employer à la recherche de sa famille, n'avait pas besoin d'un autre stimulant, et sans compter le désir si naturel de s'élever, le premier motif était assez fort pour donner une nouvelle activité à l'énergie de son caractère. En peu de temps il sut tout ce qu'il fallait savoir, fut nommé caporal, puis sergent, et obtint la permission, objet de tous ses vœux. Les deux louis qu'il avait apportés et qu'il possédait encore, lui procurèrent les moyens d'abréger la route en prenant tantôt des voitures, tantôt des chevaux qui retournaient d'une poste à une autre, enfin il arriva dans les environs de Mayence et s'informa, à l'aide du peu d'allemand qu'il s'était empressé d'apprendre depuis qu'il habitait les frontières, de M. Framberg. Personne ne connaissait ce nom, cependant un vieillard se rappela qu'il avait été porté par un jeune seigneur dans le temps de ses voyages, mais il ne put dire ni dans quel lieu ce jeune homme s'était fixé, ni quelle était sa famille. Henry était désolé et regrettait de n'avoir pas forcé le prélat à s'expliquer plus clairement, mais il n'y avait pas de remède; il se consola en lisant une lettre de Marceline, par laquelle elle l'assurait que son mari, ses enfants et elle-même se portaient bien. Elle lui rendait compte des travaux de la cathédrale, du dépit des envieux et des succès de son mari, enfin elle le rassurait pleinement sur leur situation, elle était loin de se douter qu'elle devait tout à Henry. Ce bon jeune homme répondit avec affection à ses parents adoptifs, mais annonça un voyage plus long, en les priant de ne s'en point inquiéter. Puis il revint sous ses drapeaux un jour plutôt qu'il ne lui

avait été fixé. Bien jeune homme , lui dit son officier , toujours en avance pour le devoir , c'est le moyen d'arriver. Mais vous avez l'air tout soucieux , est-ce que vous n'avez pas été satisfait de votre voyage ? Non mon officier, répondit Henry, je n'ai pas trouvé les personnes que j'allais chercher et cela m'a fortement contrarié.—
Il ne faut pas vous désoler, ce sera pour une autre fois, tout ne va pas toujours comme on veut dans cette vie, on voit bien que vous ne faites que d'y arriver, vous n'êtes pas encore accoutumé aux contrariétés, aux revers, aux malheurs ! Dieu vous préserve d'en faire l'expérience , et un soupir acheva la phrase de l'officier qui tourna ses pas d'un autre côté, comme pour changer le cours de ses pensées. Je ne suis pas le seul malheureux, se dit Henry, voilà un officier qui paraît aussi avoir à se plaindre du sort. — Oui, mon ami, répondit une voix, que Henry reconnut pour être celle de l'officier qui l'avait engagé ; oui, ce capitaine a éprouvé de grands malheurs , mais si on pouvait interroger chaque individu, on en trouverait si peu qui aient été à l'abri des coups du sort que l'on serait persuadé qu'il n'est pas donné à l'homme de trouver le bonheur sur cette terre ; c'est seulement en faisant le bien qu'on peut goûter quelques instants de félicité ! Cela est bien vrai pansa Henry, car il se retraça les moments où il avait pu secourir ses parents adoptifs, et trouva que c'étaient les seuls heureux de sa vie ; il s'entretint encore quelques instants avec l'officier ; puis rentra à la caserne où il fut fêté par ses camarades dont il était aimé, parce qu'il était aussi obligeant que juste et qu'il rendrait l'obéissance facile par ses manières pleines de douceur et de bienveillance

Lith de Engelmann

CHAPITRE XI.

Henry retrouve Philippe.

Il y avait déjà une année qu'Henry était militaire, lorsque la guerre se déclara. Il avait parcouru tous les grades des sous-officiers, et il ne fallait plus qu'une occasion qui lui permit de se distinguer pour devenir officier. Henry, quoiqu'il sût que la guerre favorisait son avancement, n'apprit pas sans effroi que ce n'était plus dans des exercices simulés, qu'il fallait employer la théorie de l'art militaire, il frémit en entendant sonner la charge et toucha la détente de son fusil avec une douleur véritable ; mais bientôt, en voyant ses camarades tomber à ses côtés, il éprouva le besoin de les défendre. Il aperçut à quelques pas de lui son ami, que

8

deux hussards combattaient avec acharnement. Il s'élança vers lui, en s'écriant :
deux contre un c'est affreux, et d'un coup de sabre fit voler le pistolet qui allait
l'immoler. Il fut assailli à son tour et se défendit vaillamment ; enfin il se fit remarquer par son sang-froid et sa valeur, et fut de ce moment classé au rang des
braves. Lorsque la retraite eut amené le moment du repos, Henry demanda la permission de sortir, et ce fut pour aller sur le champ de bataille porter des secours
aux blessés ; il avait oublié sa fatigue, amis ou ennemis, tous étaient ses frères, il
visita les endroits qu'on avait oubliés, les fossés, les haies, et eut le bonheur
d'arracher à la mort une douzaine de blessés ; au moment où il rentrait dans le camp
il aperçut au loin une lueur, c'était le feu qui avait pris à une maison ; comme on la
croyait abandonnée, on négligeait d'y porter secours, on s'occupait seulement de cou-
per la communication, a fin que le feu ne put gagner les maisons voisines, Henry
en s'approchant croit entendre un gémissement ; il écoute, et distingue des cris ; il se
précipite dans l'intérieur, guidé par la voix de la victime ; il arrive près d'un lit où un
vieillard paralytique allait être consumé : à ses côtés un enfant au berceau avait été
oublié. Henry charge le vieillard sur ses épaules, prend l'enfant dans ses bras et traverse rapidement l'incendie, au moment où il sort de la chambre, le plafond s'a-
bime, la flamme s'élance, et la maison n'est plus qu'un tourbillon de feu. Des cris
s'élèvent, mais il a franchi le seuil ; le vieillard et l'enfant sont sauvés, Henry les
dépose sur la terre et tombe à côté d'eux. On s'empresse pour le secourir, on le
porte dans l'église, où l'on a déjà rassemblé les blessés, on le panse, ses blessures

sont légères, l'émotion, la fatigue, avaient seules causé son évanouissement. Le détachement qui gardait le village rentre en ce moment et traverse l'église où Henry, revenu à lui, se reposait ; il le regarde défiler, puis tout-à-coup se lève de dessus la paille où il était couché; s'élance et se trouve dans les bras d'un soldat qui avait quitté son rang pour se précipiter vers lui. Philippe, Henry, sont les seuls mots qu'on puisse entendre, ils s'embrassent étroitement et se serrent de toutes leurs forces. Les spectateurs émus n'osent interrompre cette tendre effusion et font céder pour un moment la discipline au sentiment; cependant Philippe et Henry sentent bientôt qu'ils ne sont pas libres et se séparent en se promettant de se rejoindre dans quelques instants. Philippe, dont la conduite était excellente, obtint de ses chefs la permission de venir retrouver son frère et de l'accompagner au camp où Henry voulut se rendre. La nouvelle de son intrépide humanité l'y avait devancée. Le colonel vint au devant lui, et lui présentant une épée, je crois pouvoir vous la remettre, lui dit-il, au nom du roi qui aime les braves et sait récompenser la vertu; il l'embrassa avec affection et tous les officiers du régiment l'accueillirent avec une véritable joie. Celui qui l'avait engagé et était devenu son ami, s'approche de suite et lui disant : « Tu m'as tenu parole, Henry, l'orsqu'en répondant à l'offre que je te fis de mon amitié, tu me dis, mon cœur est digne de l'affection d'un brave, peut-être trouverai-je l'occasion de vous le prouver, sans toi, mon ami, je ne serais plus de ce monde, permets-moi donc de partager avec toi ce que le sort des armes a fait tomber aujourd'hui en ma possession : te voilà officier, laisse-moi le

8.

plaisir de t'offrir un cheval; puisque j'en ai deux.—Je l'accepte volontiers, les dons de l'amitié ne sont pas pesants, et les deux amis s'embrassent. Henry présenta Philippe comme son frère de lait et son ami d'enfance, on les félicita de leur réunion. Henry n'aurait pas songé au repos si l'affection qu'il inspirait n'avait exigé de lui qu'il cédât au besoin qu'il devait en avoir. On le fit coucher, et Philippe s'en retourna à son détachement. Le lendemain Henry fut reçu comme sous-lieutenant à la tête de la compagnie; en ce moment il se sentit à sa place, les nobles sentiments qu'il avait reçus de la nature ne lui avaient pas rendus pénible l'humble condition dans laquelle il s'était trouvé, il y avait conservé cette élévation de l'âme qui seule rend l'homme digne d'estime et capable des actions de générosité de désintéressement qui avaient rempli sa vie, et l'avait conduit à un rang plus élevé; en s'y trouvant placé, Henry sembla y avoir toujours été, simple, naturel, juste et bon, il n'y eut rien à critiquer dans sa conduite, ni, avec ses supérieurs, ni avec ses égaux, ni envers ses subordonnés. Un tact parfait, semblait lui avoir révélé toutes les nuances, c'est que son cœur et son âme guidaient toutes ses actions et que l'un et l'autre étaient excellents.

Henry obtint de ses chefs de faire passer Philippe dans sa compagnie, ce ne fut pas sans difficulté, car on craignait que, sûr de l'affection du supérieur, Philippe n'apporta de la négligence dans ses devoirs et que cet exemple ne fut d'autant plus contagieux que les fautes seraient moins punies. Mais ceux qui connaissaient bien les deux frères ayant assuré le colonel qu'il n'y avait rien de semblable à craindre,

(61)

qu'au contraire l'un serait plus exact, s'il était possible, et l'autre plus sévère, le colonel y consentit, et les deux frères furent réunis. De ce moment cette compagnie
devint pour ainsi dire la perle du régiment; les deux frères étaient adorés, et chacun,
des soldats eut donné sa vie pour eux, si bien que l'ordre et la discipline étaient
si parfaitement exécutés qu'on aurait pu supprimer la salle de police, car il n'y
avait plus personne à y mettre; ce n'est pas tout, dans différentes occasions, cette
compagnie se distingua par des actions brillantes, mais surtout par des actes de
dévouement, d'humanité qui tenaient du prodige. Il semblait que l'âme de Henry
fut passée dans celle de ses soldats, son exemple les électrisait, et partout où il se
passait une belle action, on était sûr de les y trouver; dans les affaires d'avant-
garde, où le pillage semble être une chose de droit, Henry était parvenu à persuader à ses soldats qu'il ne fallait enlever que ce qui était indispensable pour les besoins de l'armée, en payant si c'était possible, mais au moins en ne dévastant,
ni en détruisant les habitations. Aussi les villages qui avaient le bonheur d'être mis
à contribution par cette compagnie, la comblaient de bénédictions et souvent de
présents. Henry ne manquait pas de faire sentir à ses soldats combien il était plus honorable et plus flatteur de recevoir de la reconnaissance, que d'arracher par la force,
et comme ce que la compagnie rapportait était toujours plus considérable que ce
que les autres pillaient; on l'envoya plus souvent, ce qui préserva beaucoup de
familles du désespoir et de l'infortune.

CHAPITRE XII.

Henry sauve les jours de son père.

Les armées s'étaient avancées dans l'Allemagne, et Henry avait employé tour-à-tour les recherches, les demandes, les annonces par la voix des papiers publics, des lettres particulières aux autorités. Il n'avait rien négligé pour se procurer quelques renseignements sur cette famille Framberg, que l'évêque de Soissons lui avait désignée comme devant être la sienne; mais vainement il avait épuisé tous les moyens, personne n'avait connaissance de ce nom, il n'avait acquis aucune lumière, et n'espérait presque plus en obtenir jamais. Une bataille allait se donner, et Henry, agité de pressentiments funestes, avait écrit à ses parents adoptifs une lettre touchante,

Lith de Engelmann.

dans laquelle, en leur faisant ses adieux, il leur léguait tout ce qu'il possédait, et qui, depuis qu'il était officier, était assez considérable, non par son pillage, mais par les présents que ceux qu'il en avait préservés avaient trouvé moyen de lui faire parvenir à son insçu, car il refusait tout ce qu'on lui offrait. Le matin de ce grand jour, en embrassant Philippe, il lui dit : mon ami, nous sommes tous mortels, si mon heure est arrivée, voici une somme pour racheter un homme que tu mettras à ta place, il ne faut pas que nos parents vieillissent sans consolation ; tu prendras mon cheval, s'il n'est pas tué avec moi, et tu le garderas, pour l'amour de moi, jusqu'à sa mort; tu porteras cette lettre et tout ce que je possède à nos parents, tu ne les quitteras plus, tu vivras près d'eux, et feras leur bonheur. Surpris des idées lugubres de son frère, Philippe s'attacha à les combattre, à les repousser, puis ils finirent par s'embrasser tendrement, en laissant échapper quelques larmes.

Les trompettes, qui éveillèrent le camp, obligèrent Henry à se vaincre, pour ne montrer à ses soldats qu'un visage riant, car un chef découragé porte l'épouvante dans l'âme de sa troupe, et dès-lors elle est vaincue; reprenant donc toute sa fermeté, Henry se mit à la tête de sa compagnie, et bientôt se trouva au fort de la mê. lée ; il s'était à son ordinaire distingué par plusieurs belles actions, lorsqu'il se trouva engagé avec le colonel d'un régiment, auquel il venait d'enlever un drapeau ; cet officier furieux s'était élancé pour le reprendre, et se trouvait éloigné des siens, il allait être atteint par un soldat, lorsque Henry, plus prompt, le renverse, mais pour lui sauver la vie, Relevez-vous, lui dit-il, et soyez mon prisonnier ; l'officier tressaille au son de cette voix qui le frappe, et le regarde avec une expression que rien ne pourrait peindre; mais ce n'était pas sur le champ de bataille qu'il pouvait s'éclaircir, il se laisse donc conduire au quartier des prisonniers, et l'âme agitée de mille souvenirs, il invoqua la fin de la journée, dans l'espoir d'obtenir quelqu'indice, qui justifia ses soupçons. De son côté Henri avait remarqué le regard de son prisonnier, et une espérance vague se glissait au fond de son âme; il était heureux d'avoir prévenu le coup qui eut blessé ou donné la mort à cet officier; ce sentiment tout naturel pour Henri, se faisait cependant sentir à son cœur d'une manière beaucoup plus vive, il s'y mêlait quelque chose de particulier, qui l'agitait au point de lui faire négliger le soin de sa vie. Philippe heureusement veillait sur lui, et le préserva deux fois d'une mort certaine; la reconnaissance le rappela à lui-même, et il retrouva sa présence d'esprit pour défendre son frère. La conduite de ces deux jeunes gens fut remarquée avec admiration par tous ceux qui les entouraient; ils firent des prodiges de valeur, et le général, qui les distingua plusieurs fois dans la mêlée, se promit de se faire informer de leurs noms, afin de récompenser leur bravoure et leur dévouement réciproque; enfin la victoire la plus complète ayant terminée la journée, les troupes prirent du repos, et le premier soin de Henri fut d'aller au quartier, où les prisonniers étaient gardés, afin de s'informer de celui qui lui devait la vie; il parcourut les rangs, et reconnut enfin celui qu'il cherchait, il s'avança vers lui, en lui disant : ce matin, Monsieur, nous étions ennemis, ce soir je me trouverais heureux de pouvoir vous rendre quelque service; l'officier tressaillit encore au son de voix de Henry, et

lui répondit. Cependant, quoiqu'ennemi vous m'avez sauvé la vie, je vous en dois
d'autant plus de reconnaissance, veuillez donc m'apprendre, Monsieur, à qui j'ai
une aussi grande obligation. — Je suis lieutenant de la quatrième compagnie du vingt-
unième régiment, et je me nomme Henry; vous Monsieur, me ferez-vous le plaisir
de me dire..... Au nom de Henri, l'officier jeta un nouveau regard d'étonnement sur
son libérateur. « M'aurait-on trompé, s'écria-t-il en l'interrompant, au nom du ciel
dites-moi de quel pays vous êtes. — De Soissons. — De Soissons, se pourrait-il ?...
grand Dieu, quels sont vos parents ? — Ce lieu est peu propre à une explication,
reprit Henri en l'entraînant hors de la vue des autres prisonniers; car mon cœur me dit
que ce matin la Providence m'a guidé vers vous. Je fus élevé à l'hospice de Soissons,
ajouta-t-il, dès qu'ils furent à l'abri des regards, en fixant sur l'officier des yeux qui
peignaient toute l'anxiété de son âme. Un billet trouvé sur moi assure que je suis
d'une honnête famille, et que mes parents se feront connaître. — L'avez-vous ce billet?
— Il ne me quitte jamais, le voici. » L'officier l'eut à peine regardé, qu'il s'élança au
col de Henri, en s'écriant : « mon fils!... mon cher fils. » Comment exprimer ce qu'é-
prouva Henri dans ce moment, objet constant de ses vœux, dans ce moment, où
pour la première fois il se sentait pressé contre le sein paternel, il ne put soutenir la
vivacité des sensations qui inondèrent à la fois son âme, ses forces l'abandonnèrent,
et il s'évanouit dans les bras de son père, dont les soins le rappelèrent à la vie; long-
temps ils se tinrent embrassés, mais bientôt ils éprouvèrent l'un et l'autre le besoin
de se questionner, Henri n'osait demander à son père comment il était possible,

d'après la tendresse qu'il lui temoignait, qu'il l'eut laissé pendant vingt années sans lui donner aucune marque de souvenir ; celui-ci qui pensait bien que cette idée devait naturellement se présenter à son fils, prévînt sa question en lui disant : « depuis dix-huit ans je pleure ta mort et celle de ta mère ; ô mon cher Henri, comment se fait-il que j'aie le bonheur de t'embrasser? car je n'ai aucun doute que tu ne sois mon fils, et celui de ma chère Amélie. Tes traits sont les siens, mais le son de ta voix surtout, est si parfaitement, le même que cette circonstance seule serait une preuve suffisante pour qui pourrait élever un soupçon. — J'ignore qui a pu vous tromper, puisque je ne connais encore aucune des circonstances qui ont précédées ou suivies ma naissance, mais je suis certain que ma mère existe, et l'évêque de Soissons pourra nous donner les moyens de la retrouver. » Alors Henri raconta à son père ce qui s'était passé entre lui et le prélat, et toutes les peines qu'il s'était données pour chercher en Allemagne quelqu'un de la famille de Framberg, dont l'évêque lui avait dit que devait être son père, en ajoutant qu'il ne pouvait lui nommer sa mère, jusqu'à ce qu'un titre en main il pût venir réclamer d'elle le doux nom de mère. — Grâces te soient rendues, ô mon Dieu, je pourrai donc connaître le bonheur, en retrouvant celle que j'ai cru avoir perdu ; mais comment et pourquoi m'a-t-on si cruellement trompé! comment s'appelle l'évêque de Soissons. — Saint-Phar. — Saint-Phar!... c'est un parent de ta mère, de ma chère Amélie ; mais je devine l'impatience que tu éprouves de connaître les circonstances qui nous ont forcées de nous séparer, et de te confier à la Providence, en te déposant à l'hospice de Soissons. Cependant comme c'est une histoire toute entière à te raconter, je ne puis l'entreprendre ici; obtiens d'abord qu'on me permette de t'accompagner, et je te mettrai au fait de tout ce qui nous concerne, au moins de ce qui est à ma connaissance, car je ne puis encore m'expliquer, comment et pourquoi on m'a trompé sur l'existence de ma femme et de mon fils.

Henry n'eut pas de peine à obtenir qu'on lui confiât la garde du prisonnier; il emmena donc son père, et dès qu'ils furent seuls, ce dernier lui raconta ce qui suit :

CHAPITRE XIII.

Histoire de la famille de Henry.

Le nom de Framberg sous lequel j'ai épousé votre mère, n'est pas mon véritable nom; mais je l'ignorais, alors, mon père, victime de la calomnie, fut obligé de le prendre pour échapper à un ennemi puissant; la mort de cet individu, a pu seule me donner la possibilité de le justifier, de prouver son innocence, et me permettre de reprendre son nom, mais ce n'a été qu'après le funeste évènement qui m'a séparé de votre mère.

Mon père, quoique vivant dans la retraite, me fit élever avec soin, et mon éducation finie, il me fit voyager pour achever de former mon esprit par les con-

MARCELIN MENUISIER
Lith. de G. Engelmann et Cie

naissances que le monde et la société peuvent seules donner. Après avoir parcouru les différentes contrées de l'Europe, j'arrivai enfin en France, mon père avait désiré que je ne visitasse ce pays qu'en dernier; ce ne fut donc que la troisième année de mes voyages qui m'amena à Paris. Le hasard me fit rencontrer votre mère dans la société. Son air doux et modeste me frappa, la tendre déférence avec laquelle elle parlait à sa mère, ses manières soumises et empressées achevèrent de lui gagner mon cœur. Je cherchai à connaître plus particulièrement son caractère, et tout ce que j'en appris étant tout en sa faveur, j'écrivis à mon père pour qu'il m'autorisât à demander mademoiselle de Saint-Phar à ses parents. Mon père y consentit. Je fis la demande, Amélie me fut accordée, et je fus au comble du bonheur, mon père ne voulant pas confier à la poste le secret de son existence, qu'il cachait avec soin depuis si long-temps, m'écrivit qu'il voulait assister à notre union et qu'il apporterait tous les papiers nécessaires. Je portai cette lettre à madame de Saint-Phar, et de ce moment je fus regardé comme le fils de la maison. Mon père se mit en route en effet, mais à trente lieues de chez lui il fut attaqué dans une forêt, dépouillé de tout ce qui paraissait important ou précieux et on le laissa percé de trois coups de couteau. Un de ses gens, qui était parvenu à échapper aux regards de ceux qui avaient assassiné son maître, revint près de lui dès qu'ils se furent éloignés, et réussit à prolonger sa vie de quelques instants, mon père les employa à me faire dire de rester en France jusqu'à la mort du prince de..... et d'aller ensuite à Heidelberg, où je trouverais quelqu'un qui me dirait

ce que je devais faire. Il tira de son sein un papier, qui était mon extrait de bap-
tême, car j'étais né depuis la persécution dont mon père avait été l'objet et j'avais
été baptisé sous le nom de Framberg; qu'il se marie, avait ajouté mon père, et
qu'il reste ignoré jusqu'à l'évènement qu'on lui annoncera : après ce peu de mots il
expira. Son valet de chambre vint m'apporter ces tristes nouvelles, qui me mirent
au désespoir. Je vis bien que mon père était tombé victime d'une haine particulière ; je voulais partir, aller le venger, mais on m'opposa ses dernières volontés et
je n'osai désobéir. J'épousai votre mère, mon cher Henry, et vécut ainsi qu'il
l'avait prescrit dans une retraite absolue. La mère de ma chère Amélie nous fut
enlevée par une maladie violente à la fin de l'année, et vous vîntes au monde
sous d'aussi tristes auspices que ceux qui avaient précédés notre mariage.

Votre mère était à peine rétablie de ses couches, lorsqu'un homme muni
d'un ordre du roi, se présenta pour arrêter mademoiselle de Saint-Phar et M. le
baron de Heidelberg, se faisant appeler Framberg, comme coupable de faux et
d'avoir compromis l'honneur de deux familles. Mademoiselle de Saint-Phar devait être conduite dans un couvent pour y être détenue jusqu'à ce que les familles se soient entendues au sujet de son prétendu mariage.

Vous étiez nourri sous nos yeux, mais la femme qui vous allaitait ne m'inspirant
nulle confiance, je préférai, lorsque ce malheur vint fondre sur nous, vous confier
à une administration publique, plutôt que de risquer de vous perdre, en vous laissant
à cette femme, qui peut-être vous eut livré à des ennemis inconnus. Je consolai ma

chère Amélie, en lui disant que j'allais éclaircir promptement cette affaire, qui sans
doute était un quiproquo, et que je serais de retour dans très-peu de temps. Je vou-
lus qu'elle emporta tout ce qu'il y avait d'argent dans la maison, j'écrivis le petit
billet que l'on vous a remis, et vous dérobant à la surveillance, je vous portai moi-
même à l'hospice, pendant que les gens chargés de m'emmener faisaient un bon re-
pas que je leur avais fait servir; j'aurais pu facilement m'échapper, mais désirant
connaître enfin celui qui suivait sur moi la persécution dont mon père avait été victime; curieux d'éclaircir le mystère rataché à ce nom de Heidelberg, que l'on me
donnait, et le lieu où mon père m'avait fait dire de me rendre après la mort du prince
de ***. Je n'étais pas fâché que cet événement m'en fournit la possibilité. Je suivis donc
volontairement ceux qu'on avait envoyé pour s'emparer de moi. On me conduisit
en effet à Heidelberg, où je trouvai un oncle que je n'avais jamais vu, dont j'ignorais
même l'existence, mais qui, par la mort de mon père, se trouvait être mon tuteur.
Il m'apprit que Framberg n'était pas mon nom, que j'étais en effet baron de Heidelberg, mais qu'il fallait que je consentisse à faire rompre mon mariage avec votre
mère, pour épouser sa fille, que ce mariage contracté sous un nom supposé,
n'était pas valable, et que ce ne serait qu'à condition de me conformer à ses volontés
qu'il me remettrait en possession des titres et des biens de ma famille. Je refusai, on
m'enferma dans le donjon du château, et je restai un an sans pouvoir faire parvenir
un seul mot à qui que ce fut; on ne me laissa ni plume, ni encre, ni papier. Je tombai
dangereusement malade, et à la sollicitation du médecin, on me fit sortir de ma prison,

pour me rappeler à la vie ; long-temps les remèdes furent infructueux. J'étais trop affecté de ma séparation d'avec ma femme, pour pouvoir me rétablir, enfin mon oncle parut s'attendrir, et me dit un jour qu'il ne pouvait s'engager à rien, sans connaître autrement que par mes récits la femme que j'avais trompée, ainsi que sa famille, car mon oncle feignait de croire que je savais mon nom, et réfutait le consentement de mon père ; il ajouta qu'il allait charger quelqu'un à Paris de prendre des informations, et que d'après cela il verrait ce qu'il pourrait faire ; je demandai la permission d'écrire à ma femme, on me refusa, on fit plus, on me fit donner ma parole d'honneur que je ne le ferais pas d'ici à la réponse que mon oncle devait recevoir de son ami ; on m'offrait pour condition de ma soumission l'espérance de reconnaître ma femme ; je m'engageai donc par serment à ne pas écrire, et je tins ma parole. La réponse arriva, celui que mon oncle disait avoir chargé de ces informations, mandait que la famille de mademoiselle Saint-Phar était aussi ancienne qu'honorable, que la jeune personne avait été l'admiration de toute la ville, mais que le chagrin avait terminé ses jours, et qu'elle était morte dans le couvent où elle s'était retirée, après la fuite de son mari, qui l'avait abandonnée ; quant à l'enfant, il était mort, disait-on, deux jours après son entrée à l'hospice ; des actes mortuaires qui paraissaient en règle, étaient joints à cette lettre. Je restai accablé sous le poids de ces tristes nouvelles ; mon oncle ne cacha pas le plaisir qu'il en ressentit, et ce fut ce qui m'ôta tout soupçon ; il me dit froidement que, d'après les renseignements qu'on lui donnait sur la famille Saint-Phar, il eut cru de son devoir de consentir à ratifier mon faux

mariage, mais qu'il se trouvait très-heureux de n'être pas forcé à le faire. Ne doutant
pas de mon malheur, je tombai dans une mélancolie noire, qui fit craindre pour
ma vie, mon oncle trouva le moyen de m'y rattacher, en me mettant sous les yeux
la nécessité de justifier mon père et de venger sa mort. Le prince de *, son ennemi,
n'était pas mort, mais il avait perdu son pouvoir sur l'esprit du souverain, et la vérité pouvait enfin parvenir jusqu'à lui; il me fit connaître toute l'intrigue qui avait
fait proscrire mon père, et le motif qui avait porté à l'assassiner, qui était l'espérance
de se saisir des papiers qu'il avait déposés entre les mains de mon oncle; les deux frères
n'ayant conservé aucune liaison, le prince ne s'était pas douté que le cadet en fut
possesseur. Le désir de venger la mort de mon père, de réhabiliter sa mémoire, rendit
à mon âme affaissée sous le poids de la douleur, toute l'énergie dont elle avait besoin
pour démasquer la conduite du prince, et dévoiler les crimes dont il s'était rendu
coupable; je sortis triomphant de la lutte que j'eus à soutenir, l'innocence de mon
père fut reconnue, mais dès que j'eus atteint ce but, je retombai dans ma tristesse
habituelle; on me rendit les titres et les biens de ma famille. On voulut m'attacher à
la cour, mais je refusai, mon oncle me persécuta de nouveau pour épouser sa fille,
je lui dis que jamais je ne me remarierais; il eut l'air de céder, et me laissa en repos,
se contentant de me voir enseveli dans une solitude absolue, et espérant peut-être
que le temps m'amènerait à accomplir ses vœux, mais il n'avait rien changé à mes
résolutions; lorsque la guerre venant à se déclarer, j'écrivis à son insçu pour deman_
der du service, ce fut sans doute la Providence qui, prenant pitié de mes longues

douleurs, m'inspira ce dessein, puisqu'il m'a conduit par cette voix à un bonheur que je ne pouvais plus espérer, je ne puis encore y croire; parle-moi mon cher Henry, que ta voix me rende l'espérance d'entendre bientôt celle de ta mère, répète-moi ce que t'a dit l'évêque; quel âge a-t-il? que présume-tu qu'il puisse être à mon Amélie? » Henry se précipita de nouveau dans les bras de son père, lui répéta mot pour mot sa conversation avec le prélat, et d'après son âge, ils conjecturèrent qu'il devait être le frère ou le cousin d'Amélie, Ensuite M. de Heidelberg voulut savoir comment son fils était parvenu de l'hospice de Soissons à être officier. Henry satisfit son père, en lui racontant tout ce qu'on a lu précédemment, en ayant soin de glisser légèrement sur tout ce qui faisait l'éloge de ses vertus, mais les faits étaient-là, et ils attestaient tous sa piété filiale, son généreux dévouement, et la noblesse de son âme. M. de Heidelberg, en entendant son fils, remercia la Providence qui lui avait procuré une aussi bonne éducation chez les filles de Saint-Vincent de Paul, et dans la cabane du menuisier qu'il ne l'avait reçue lui, dans le château de ses pères. Le baron et son fils désiraient ardemment qu'il leur fût permis de voler à Soissons, pour obtenir du prélat la connaissance de la retraite d'Amélie, afin de mettre un terme à ses longs chagrins, en lui rendant son époux et son fils; Henry brûlait du désir de recevoir les tendres caresses d'une mère, mais il était impossible de quitter l'armée tandis qu'elle était en présence de l'ennemi, et il fallut se résigner à attendre le moment où l'honneur leur permettrait de demander un congé.

Quel fut le bonheur de Henry, en apprenant que l'on avait la paix, et que l'armée allait rentrer en France; il se précipita dans les bras de son père, en lui annonçant cette heureuse nouvelle, et se hâta de faire les préparatifs de départ; comme Henry ne pouvait pas abandonner son régiment avant qu'il fut rentré dans ses lignes, il acheta le congé de Philippe, en mettant un homme à sa place, et le fit partir avec son père, en le chargeant d'une lettre pour Marcelin, dans laquelle il lui racontait tout ce qui lui était arrivé, le bonheur qu'il avait eu de retrouver son père, et lui annonçait son prochain retour.

Philippe, heureux du bonheur de Henry, qu'il aimait comme un frère, heureux de retourner vers ses parents, dont il savait que Henry assurerait le sort, accompagna le baron avec joie. Ils firent le voyage avec la plus grande célérité, mais arrivés à Soissons, Philippe, pour ne pas causer un trop grand saisissement à ses parents, laissa le baron à l'auberge où ils étaient descendus, enfonça sur ses yeux son sakos, et se rendit chez son père, où il se présenta comme porteur d'une lettre de son fils; sa mère, qui était à travailler à la porte, se leva avec empressement, en criant à son mari : voici des nouvelles de Philippe, son jeune frère qu'il avait laissé tout petit, accourut sans avoir pris le temps de poser la scie qu'il tenait, en s'écriant : « vient-il ma mère? où est-il?... où est Philippe! Il sera bientôt ici, mon ami, » répondit celui-ci d'une voix qui trahissait son émotion; mais Marceline qui avait déjà ouvert la lettre, n'eut pas plutôt jeté les yeux sur les premières lignes, qu'elle tendit les bras au jeune soldat, en s'écriant : « c'est lui! c'est ton frère! » et elle tomba sur le sein de Philippe, qui la serra contre son cœur, de douces larmes vinrent les soulager ; après que les premiers élans furent calmés, on lut la lettre de Henry, Philippe dit tout ce qu'il savait des belles actions de son frère, et il apprit à ses parents que le père de leur fils adoptif était arrivé avec lui.

Pendant que Plilippe était chez ses parents, le baron s'était rendu à l'évêché, s'était fait connaître à l'évêque, qui aussitôt avait demandé ses chevaux, et s'était empressé de conduire son frère dans une vallée délicieuse, à une demi-lieue de la ville, où sa sœur s'était retirée et vivait dans une solitude complète. Il descendit seul pour la préparer au bonheur qui l'attendait, mais le baron qui le suivait de loin, impatient de ces délais, ne lui en laissa pas le temps, et se précipita dans la pièce où il entendit la voix de sa chère Amélie, et manqua la tuer par le saisissement qu'il lui occasionna; cependant après un long évanouissement elle revint à la vie, et s'abandonna à la joie la plus vive, en apprenant que non-seulement son fils lui avait été conservé, mais qu'il avait eu tous les dons du ciel et de la nature, que son cœur, son âme étaient dignes d'eux, et que le physique le plus agréable se joignait aux qualités les plus précieuses.

Elle en jugea bientôt elle-même, car Henry, impatient, n'eut pas plutôt installé son régiment dans la ville qui lui était désignée pour garnison, qu'il prit la poste et ne s'arrêta qu'à l'archevéché, d'où on le conduisit dans les bras de ses parents, qui le comblèrent de caresses et de louanges; il reçut en ce moment le prix de toutes les vertus qui avaient attiré sur lui les bénédictions du ciel, les généreux sacrifices qu'il avait fait pour ceux qui lui avaient tenu lieu de famille, furent appréciés comme ils le méritaient, et parurent à ses parents la meilleure preuve de ses sentiments pour eux.

9 782014 088656